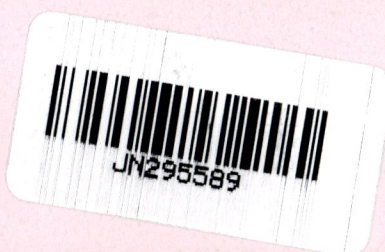

産科医療・
崩壊
神咲 命
Kanzaki Makoto
文芸社

もくじ

産科医療・崩壊

第1章

なんちゃって急患

『またもや妊婦たらい回し！　対応の遅れで胎児助からず』

野次馬根性丸出しの見出しに、私は記事を読む気にもならずに新聞を閉じた。

また１つ産科が減るな……。

ここ数年で現役の産科医は激減している。
仕事がハードだとか、給料が少ないとか、もちろんまったく無関係ではないけれど、一番の原因はこういったマスコミによる「医療バッシング」のせいだ。
医療に対して絶対的な安全性を求める一方で、「医は仁術」とばかりにボランティア精神を求められる。
夜間の救急対応に特別料金を請求しただけで、「金儲けしか考えていない」と責められる。
さらには、正しい医療行為によって容態が悪くなったり患者が亡くなったりしても、やったことに感謝されるどころか、こうやって理不尽にバッシングされてしまうのだ。

マスコミは「たらい回し」と言うけれど、実際はどの医師も、予定外の受け入れが常に不可能なくらいギリギリいっぱいの状況で頑張っているのが現状だ。

そんなことはお構いなしにこうやって責められれば、少なくともバッシングを受けた病院や同じような立場に立っている病院は、自己防衛として規模を縮小したり産科から手を引かざるを得なくなってくる。

産科が減れば、困るのは妊婦さんなんだけどな〜。

国のお偉いさんも、国民自身も、医療バッシングが自分たちの首を絞めていることに気づいていない。

すでに産科が減りすぎて、産む場所がない「お産難民」と呼ばれる妊婦は増えつつあるのだけれど……。

ふ〜っと深いため息をついて、私は再びカルテの記録に取りかかった。

今日は外来があふれかえっていた上に、午後から手術に入ったせいで、病棟を回れたのは夜の８時を過ぎてからだった。

入院患者の容態を確認して、カルテに記録を書き、手術記録に取りかかった頃にはすでに11時を回っていた。

さすがにお腹空いたな〜。

軽い空腹感を覚えて、お昼もろくに摂っていなかったことをやっと思い出した。
外来の最後にやって来た患者の話がなかなか途切れなくて、昼休憩を取れずに手術室に直行したのだ。

医者って、一番不健康な生活してるよな〜。
タフじゃなきゃ、やってけない仕事だわ。

キリのいいところで記録を切り上げて、食堂でお腹を満たしてこようと思ったその時、

ピリリリリッ！

PHSの甲高い呼び出し音が響き渡った。
当直用の電話が鳴るということは、急患室からである。

「はい、産婦人科当直です」
「急患室ですが、今こちらに緊急避妊希望の女性がいらしてまして……」
「は？　問い合わせじゃなくて、いきなり来ちゃったんですか？」
「ええ……うちにかかったことはないみたいなんですが、診てもらえますか？」
「来ちゃったもんは追い返すわけにいかないでしょう……婦人科診察室に案内して、問診票を書いてもらってください。あ、尿採っといてもらって」
「分かりました。お願いします」

　なんでこの時間に来るかな～、しかも飛び込みで……。

　私はなんだか疲れが倍増した気分で急患室へ向かった。
　最近、この手の「いきなり来ちゃいました。すぐ診てください」というパターンが増えているような気がする。
　しかも、緊急性はないのに「仕事帰りのついでに」「昼間は忙しい」「朝まで様子を見るのがやっぱり不安になった」といった理由で、コンビニのように立ち寄ってくれるもんだから、こちらはたまったもんじゃない。

来る前に電話で問い合わせがあれば、その時点で「明日の昼間に受診してください」と言えるのだけれど、そうやって断られるのが分かっているからなのか、いきなり来てしまうわけだ。

はっきり言って、こんな自分勝手な患者を診るために夜間の救急対応をしているわけではない。

緊急性というのは、朝まで待っていたら命に関わることを言うのであって、「本人が朝まで待てない」のは緊急とは言わない。

病院をコンビニと勘違いしてもらっちゃ困るんだよね〜。

私は空腹も手伝って、不機嫌さ120％のまま夜間診察室へ向かった。

「ゴナ[※1]調べといてもらえますか？」

※1＝尿中ゴナドトロピンの略。妊娠検査薬

「あ、一応調べときました。マイナスです」
「ありがとう」

急患室の看護師から、「陰性」を示している妊娠検査薬を受け取って、私は診察に入った。
20歳ぐらいの細身の女性が、少しイラついた様子で待っていた。
先に書いてあった問診票を確認しながら、必要なことを聞いていく。

「田《た》崎《さき》里《り》香《か》さんですか？」
「はい」
「緊急避妊希望ってことですけど、避妊に失敗したのはいつですか？」
「え〜っと、一昨日？……の夜です」
「一昨日って……昨日じゃなくて？」
「はい。友達が72時間以内じゃないと意味がないって言ってたんで」

確かに、緊急避妊は避妊の失敗から72時間以内に薬を飲まなければ効果が期待できない。
服用が早いほど避妊効果は高いと言われているの

で、夜に失敗したのなら翌日の昼間に受診したほうがいいのだけれど……。

どうやらこの患者の場合、明日の朝まで待っていたら72時間が過ぎてしまうから今来たということらしい。

「翌日や昨日の昼間は受診しなかったんですか？」
「イヤ〜、ちょっと忙しくて」
「忙しいのは理由になりません。
夜は本当に緊急の患者さんのための外来なんですよ。
本来なら夜間の緊急避妊はお断りするところなんですが、今日は特別に処方しますからね」
「は〜い」

思わずため息が出る。
これだから、「コンビニ医療」って言われるんだよな〜。
こういった勘違い患者をなんとかしてくれ……。

とりあえず、夜間救急をコンビニと勘違いしないようによくよくお説教してから、中用量ピルを処方した。

「白い錠剤を４錠出しますから、すぐに２錠飲んで12時間後にもう２錠飲んでください。

副作用などについてはこちらに書いてありますから、後でしっかり読んでくださいね」

「これ飲めば大丈夫なんですよね？」

「緊急避妊の効果は約75％です。飲んでも妊娠することはありますよ」

避妊に対してずいぶん安易に考えている雰囲気が見てとれて、思わず口調がきつくなってしまった。

緊急避妊の説明用紙を渡しながらたずねてみた。

「ちなみに、いつもの避妊法は？」

「え？　ゴム……ですかね？」

「コンドームですか？　常に使ってます？」

「イヤ〜、たまに使うくらいですかね」

さすがに頭が痛くなってきた……。

コンドームをたまにしか使わず、やばいと思った時だけ緊急避妊をしていたら、この患者はいつか望まない妊娠をしてしまう。

「コンドームは毎回必ず使わないと意味がありませんよ。それに使っていても失敗することがありますからね。妊娠したくないならピルを飲みなさい」
「ピルって太るから……」
「太りません。妊娠したほうがよほど太りますから」

最後は、ほとんどあきらめモードでピルについてのパンフレットだけを渡して早々に切り上げることにした。
患者本人の意識が変わらない限り、いくら一生懸命啓発しても伝わらないものは伝わらない。
電子カルテに必要事項を打ち込むと、会計用の用紙を渡す。

「緊急避妊は保険が利きませんから、全額自費になります。これを救急窓口に持って行って、お会計を済ませてから院内薬局で薬を受け取ってください」
「高いんですか？」
「うちの緊急避妊は、8000円です」
「え～?!　お金ないんですけど……」

「そういったことは会計窓口で相談してください。病院はただで診てくれるとこじゃないんですよ」

不満そうな患者を追いやるようにカーテンを開ける。

これ以上不毛な話に付き合っていられない。

病棟にもまだ仕事は残っているのだ。

病棟に戻りながら、念のため救急事務室に電話を入れておく。

「あ、産婦人科の和泉《いずみ》ですけど。今診た救急患者さん、診察料払えないとかって言ってたんで、ちゃんと支払ってもらうようにしてくださいね」

「分かりました。お疲れ様です」

病院の未収金、つまり患者が踏み倒していく医療費は、年々増え続けている。

特に、こういった夜間救急の飛び込み患者[※2]は、もう二度とその病院に来ないことも多い。

※2＝いきなり受診する初診の患者

その日のうちに払ってもらえなかったらまず払いに来ないのだ。

カード払いでも、保険証の差し押さえでも、なんでもいいからちゃんと払ってもらえるようにしないと、病院の経営自体に響くんじゃないかと心配になる。

だいたいね～、マックだって無銭飲食しようとしたら警察に捕まるでしょうに。

なんで病院はボランティアしなきゃいけないのよ……。

私はムカついたまま、カルテの記載に戻った。

患者個人のマナーの悪さや常識のなさは、だんだんひどくなっている。

こういった小さなことの積み重ねが、医師の負担を余計に増やしているに違いない。

＊　＊　＊

食事を摂れたのは、日付が変わってからだった。

12時を過ぎて、やっとその日最初のまともな食事にありつくことができたのだ。

食事をしていると、携帯にメールの着信がある。

恵太《けいた》からだ……。

私は少し憂鬱《ゆううつ》になりながら受信箱を開いた。

〈優子《ゆうこ》へ
相変わらず忙しい毎日ですか？
書類をひと通り郵送したので確認お願いします。
仕事が大変だとは思うけど、早いうちに話し合いの時間を取ってください〉

半年前まで一緒に住んでいたとは思えないよそよそしさに、一抹の寂しさを覚える。

自分が招いたことなんだけどね……。

恵太は、４年ほど夫婦として生活していた相手だ。
正確には、まだ私の夫。
でも、半年前から別居中だった。

ちょうど私が専門医を取ったばかりの頃に知り合って、そのまま結婚を前提に付き合い始めた。
彼は医療関係者ではなかったけれど、その割には私の仕事に理解を示してくれているほうだった。

「優子が続けたければ、仕事は好きなだけ続けなよ。
俺も家事はできるし、協力するからさ」

結婚を迷っていた私に、何度となく言っていた言葉だ。
その時の恵太の気持ちに、うそはなかったと思う。
でも、結婚すれば男はなんだかんだ言って、女に「母」を求めるのだ。

恵太も、私に「居心地のいい家庭を守ること」を求めた。
仕事をしながら、掃除や洗濯をし、毎日食事の準備をすることは物理的に不可能だった。
それでも、しばらくは頑張ってみたのだ。
恵太に喜んでもらえるように……。

しんどかったな～。

なんであんなに頑張っちゃったんだろう。

〈分かりました。
スケジュールを調整してまた連絡します〉

私もそっけない返事をして、携帯を閉じた。

恵太とは、ちゃんと向かい合いたいと思いながらも仕事に忙殺されていた。
向こうにしてみたら、早くスッキリ縁を切りたいのだろう。

時間、作らなくちゃ……。

モヤモヤした気持ちを抱えたまま、当直室に戻った。
さっさとシャワーを済ませて、次の急患が来ないうちに仮眠を取ることにする。
またいつ起こされるか分からない。
とにかく、休める時に休んでおかなければ、翌日はまた朝から通常業務があるわけだから体が持たないのだ。

当直室の硬いベッドでも、横になれるだけでありがたかった。

昼間の疲れも手伝って、私は程なく眠りに落ちた。

第2章

たらい回し

ピリリリリリッ！

４時間は眠れただろうか。
枕元で響くPHSの着信音でたたき起こされた。

「はい、産婦人科当直です」
「急患室ですが、妊娠28週の妊婦さんからお電話で……」
「うちにかかってる人？」
「はい。里帰りの予定で先週うちで紹介状を書いてるそうなんですが、まだ向こうの病院には受診してないそうです」
「それで？」
「ご本人の話では破水したみたいだっておっしゃってるんですけれど……どうしましょうか？」
「破水って……28週ですよね？　すぐに受診してもらわないと」
「来てもらってもよろしいですか？」
「まだ里帰りしてないんだったらすぐに来てもらっ

て。それから、病棟にカルテ上げて」
「分かりました」

眠りから覚めたばかりの頭を無理やりフル回転させる。

電話を切ってすぐに、周産期医療センターの情報ページを検索した。

どこの病院が受け入れ可能かをホームページ上で公開している。

28週で本当に破水だったら、この病院では対応できない。

NICU[※3]がないからだ。

未熟児などの新生児を診てくれる病院に転院する必要がある。

普通の産科や個人病院で対応しきれない妊婦を、周産期医療センターのある病院に救急車で転院させることを「母体搬送」と言う。

産科も小児科もすでにパンク状態で、転院先を探すのはかなり大変なことなのだ。

※3＝高度な治療が必要な新生児が収容される集中治療室

「先生、急患の方がいらっしゃいました」

　そうこうしているうちに、その患者はやって来た。

　診察台に乗ってもらうと、すぐに羊水が流れ出ているのが見てとれた。

　クスコ[※4]をかけると、子宮口から羊水が流れ出てくる。

　明らかに破水だ。

　間違いようがない。

「お腹は張りますか？」

「ここに来る途中でちょっと痛くなってきました」

「破水するまではなんともなかったんですか？」

「昨日からなんとなく張りやすいな〜とは思ってたんですけど……」

「ご連絡いただきました？」

「いえ……そのまま様子を見てました」

　その時点で電話してくれ〜。

　私は心の中でつぶやきながら、必要最低限のことを

※4＝産婦人科の診察器具。膣内を広げて観察する

本人に伝えた。

これからやらなくちゃいけないことが山ほどある。

「破水は間違いありません。まだ28週ですから、できるだけ赤ちゃんが出てくるのを食い止める必要があります。それから感染予防のために抗生物質の点滴をしますね」

患者は不安げな顔でなにかを口にしようとしたが、今はゆっくり話を聞いている時間はない。

「カテ[※5]入れて！　骨盤高位！

ウテメリン１アン30[※6]で開始して！　あと、ビクシリン[※7]も！

採血オーダー出すから一緒にお願い！」

とりあえず必要な指示をナースに伝えて、すぐに待機の医師に電話をした。

ここで様子を見るにしても、転院するにしても、１

※５＝カテーテルの略。膀胱に入れておく細い管
※６＝ウテメリン（子宮収縮を抑える薬）を１アンプル使用し、点滴を１時間30mlの速さで投与すること
※７＝抗生物質の名前

人で対応できる状況ではない。

「もしもし、朝早くからすみません。当直の和泉ですが……先生、今日待機ですよね？」
「ああ、お疲れ様。急患？」
「はい。28週の破水で、陣発《じんぱつ》はしていないんですが……」
「母体搬送？」
「を考えてます。搬送が決まってからまたご連絡したほうがいいですか？」
「いや、１人じゃ無理でしょ。30分ぐらいで行くから」
「ありがとうございます！」

　こんな時、すんなり応援に来てもらえるとそれだけで心強い。
　急患を抱えて１人で走り回っている時ほど孤独を感じることはないのだ。

　モニターを見ると、弱いけれど５〜６分間隔で子宮が収縮しているのが分かる。
　胎児の状態を確認するために超音波を当てると、頭が上を向いていた。
　つまり、逆子なのだ。
　胎児の体重を計算して、胎盤の位置や羊水の量を確認する。

　母体搬送で一番の大仕事は、転院先を探す「電話ロール」である。
　先ほど確認した周産期医療センターの情報では、近隣の病院はほぼどこもいっぱいだった。
　そんな状況で受け入れ先を探すには、とにかく受け入れてくれる病院が見つかるまで何件も電話をかけ続けるしかないのだ。
　地域ごとに周産期医療の拠点病院が決まっていて、その病院がコーディネーターの役割を持っている。
　だが実際は、コーディネートするほど他の病院にも余力がないので、「自力で引き受けてくれる病院を探してください」と言われてしまうことがほとんどだった。

　血液検査の結果とモニターを確認して、患者のもとへ行くと、本人のそばにご主人と思われる男性が付き添っていた。

２人に向かって事務的に状況を説明していく。

「28週、つまり早い時期で破水してしまっています。幸い、血液検査ではまだ炎症の反応は上がってきてませんが、弱い子宮の張りを認めます。赤ちゃんは逆子になっていて、体重がだいたい1800グラムぐらいです。このまま子宮の張りが抑えられて、炎症も起きなければ、ある程度もたせることができるかもしれませんが、数日のうちに赤ちゃんが出そうになってしまう、あるいは出してあげないといけない状況も考えられます。予定日よりもかなり早く出てきた赤ちゃんは、うまく呼吸ができなかったりするので小児科で特別な治療が必要なんですが、この病院にはそういった設備がありません。なので、これから産まれたばかりの赤ちゃんも治療できる周産期センターがある病院に転院する必要があります。転院先を探していきますが、現段階ではまだ受け入れ先は決まってません。まずはこのまま安静にしてお待ちください」

一気にまくし立てると、すぐにその場を離れて電話の前を陣取った。

本当は、患者本人の不安を取り除くためにゆっくり話をしたり、患者からの質問に答えたほうがいいのは重々分かっている。

あんな説明を一気に受けても、一般の人が半分も理解できないであろうことは容易に想像できることだ。

落ち着いて聞いてもよく分からない話を、急な破水で動揺している中で理解しろと言うほうが無理なのだ。

ただ、今はゆっくり説明している時間はなかった。

「説明した」という記録を残すための説明……つまり、相手の理解度を無視した話でも、一応はしておかなければいけない。

後のフォローは助産師にお願いして、自分はやるべき仕事に取りかからなければ。

少なくとも待機の先生が来てくれるまでは、１人ですべてを片付けていかなければいけないのだ。

こうしているうちにも、他の急患が来る可能性だってある。

私は、母体搬送先の病院一覧表を手に、片っ端から電話をかけ始めた。

運がよければ１件目で引き受けてもらえるし、悪ければ10件以上かけても引き受けてもらえない。

「はい、A病院です」

「もしもし、K病院産婦人科医師の和泉と申しますが、母体搬送をお願いします」

「はい。産科の当直医につなぎますので、そのままお待ちください」

しばらく保留音が鳴る。

その間に、紹介状に患者の情報を記入し始めていた。

「はい、どうぞ」

交換手の声に続いて、医師につながった。

「もしもし、産科当直の野田《のだ》です」

「K病院の和泉です。朝早くからすみません。母体搬送のご相談なんですが……」

「何週ですか？」

「え〜、28週の破水で……」

「あ〜、30週未満はN[※8]が無理だわ」

「いっぱいですか？」

「さっき27週の双子が出たばっかりでね～、30週未満は取らないでくれって言われてしまったんですよ。申し訳ない」
「そうですか……」
「すみませんね～」
「いえ。ありがとうございます」

　電話を切ると同時に、気を取り直してまた次の病院にかける。

「K病院の和泉です。母体搬送のご相談なんですが……」
「母体搬送ですか～。実はうちも今26週の搬送先を探してるとこでしてね」
「そうですか……28週の破水なんですけど、無理……ですよね？」
「う～ん……厳しいな～」
「すみません、ご無理言って」
「いや、申し訳ない。お互い早いとこ見つかることを祈りましょう」

※8＝NICUの略

「ありがとうございます……失礼します」

手を止めている暇はない。

リストの順番に片っ端から電話をかけては、同じ説明を繰り返していった。

10件目の病院にかけているところで、待機の内藤《ないとう》先生が現れた。

電話をかけ始めて、すでに40分以上が経過している。

「ゴメンゴメン。遅くなって……どこか取ってくれそう？」

私は受話器を耳に当てながら首を振る。

「ちょっと患者の様子見てくるな」
「お願いします」

私が電話の前にこうして張り付いているということは、この40分間、患者のもとに医者は誰も行っていないということになる。

もちろん、近くのモニターで常に胎児の状態や子宮の収縮具合はチェックしつつ電話をしているわけだが、患者の中には「医者が全然診に来ない」「放置された」と感じる人もいるのだ。

　患者対応は内藤先生に任せることにして、私はとにかく搬送先を探し続けた。

　13件目の病院で、ようやく詳しい説明ができた。

　受け入れが無理な病院は、詳しい話をする前に断られてしまうことがほとんどなのだ。

　母体と胎児の状況や、先ほど取った検査のデータをひと通り説明する。

「受けてもらえそうですか？」

「小児科に確認して折り返します」

「よろしくお願いします」

　わらにもすがる思いで、コールバックを待ちながら、紹介状に必要事項を記入していく。

　紹介先が決まれば、すぐにでも救急車を手配して出発できるように、準備を整えておかなければいけないのだ。

「早めに送ったほうがいいな」

　患者のもとから戻ってきた内藤先生が、少し険しい表情でモニターを眺めている。

　子宮の収縮はまだ完全には治まっていない。

　内藤先生の手元には超音波写真があった。

「結構派手に破水してた？」

「はい。しっかり流れてましたから……羊水腔《くう》、さっきはそこまで減ってなかったんですけど」

「う〜ん、ちょっと狭いかな。まだあるけど、急いだほうがよさそうだ」

「今、O病院からの返事待ちです」

「そうか……他も並列で当たっとくか……」

　プルルルッ！

　外線からの電話だ。

「はい。K病院分娩室です」

「O病院産婦人科の松井《まつい》ですが」

「お世話になります」

「先ほどの母体搬送の件、小児科のオッケーが取れましたのですぐ送ってください」
「ありがとうございます！　これから救急車手配しますので、出る前に再度お電話します」
「よろしくお願いします」

「搬送オッケーです」
「よかった。紹介状は？」
「ここにできてます」
「じゃあ患者に説明してくるから、先生は手配進めてくれ」
「分かりました」

　私はすぐに119番にかけた。

「はい、H町消防隊です」
「K病院産婦人科ですが、母体搬送をお願いします」
「分かりました。患者さんのお名前と生年月日と病名をお願いします」

　必要事項を伝えて、救急車を依頼する。
　病院から病院への搬送の場合、すでに搬送先は決まっているので救急隊員は搬送先を探し回らなくて済む。

　これが一般の搬送だと、患者を救急車に収容してから、先ほどやっていたような電話ロールを救急隊員がしなければいけないのだ。

　そうしている間に患者が急変することだってある。

　万が一のことがあれば、その時受け入れを断った病院が責められることもある。

　マスコミは、誰かを悪人に仕立て上げてたたくのが仕事のようだ。

　10分ほどで救急車が到着した。

　O病院に再度電話をし、紹介状を持って同乗した。

　病棟のことは、とりあえず内藤先生に留守番を頼む。

　そろそろ日勤業務が始まろうとしていた。

第3章

望まれた命・望まれない命

「外来中すみません……今戻りましたので」

搬送から病院に戻ると、すでに日勤帯に突入していた。

とりあえず、帰ってきたことを内藤先生に伝える。

「お疲れさん。あ、オペ室からアウス[※9]何時頃なら入れるかって電話があったよ」

「あ～、連絡しときます」

午前中にアウスがあったのをすっかり忘れていた。

アウスは、手術時間にすれば10分足らずなので、大きな手術の合間に予定を入れさせてもらうのだ。

「お忙しいとこすみません、産婦人科の和泉ですけど」

「あ～、先生、アウスの時間ね」

※9＝人工妊娠中絶

「何時頃入れそうですか？」
「11時入室でも大丈夫です？」
「あ、大丈夫です。11時でお願いします」
「は〜い」

とりあえず、11時までは病棟の仕事をする時間ができたので、術後のガーゼ交換や化学療法の患者を診て回った。
幸い、分娩待機者は入っていないようだ。

ほっとしたのもつかの間、分娩室から電話が入った。

「待機入院してる木村《きむら》さんが陣発しました」
「結構張ってる？」
「まだ５〜６分間隔ですけど、割としっかり痛がってます」
「診察するから用意しといて」
「はい」

木村さんは不妊治療の末に、体外受精でやっと妊娠した患者さんだ。

最初の子どもを原因不明の胎児死亡で死産し、その後２回も流産を繰り返して、不妊治療もなかなかうまくいかず、やっとの思いで妊娠したのだ。

体外受精で１つしか受精卵を戻さなかったにもかかわらず、双胎妊娠だった。

双子は単純に赤ちゃんが２人いるだけではない。

妊娠高血圧症や早産などのリスクが、１人だけの時よりぐんと高くなるのだ。

そのため、早い時期からずっと入院しておかなければいけないことも多い。

木村さんは30週からの入院だったので、すでに２ヶ月近く入院していることになる。

やっと臨月に入って、自然に陣痛が来るのを待っていたところだった。

「失礼しま～す」

診察室に入ると、すでにお腹の張りで苦しそうにしている木村さんがいた。

そばについている助産師と一緒に、「フ～ッ」と息を吐いている。

「結構張ってるみたいですね」
「は……い。やっと痛みが来てくれました」

苦しそうにしながらも、これから赤ちゃんに会える楽しみのほうが大きいようだった。

「ちょっと診察させていただきますね」

内診すると、子宮口がすでに４センチ開いている。

いい感じに進んでるな、よかった。

超音波で赤ちゃんの向きを確認すると、２人ともしっかり頭を下に向けていた。
これなら経腟《けいちつ》分娩でいける。

「子宮の出口もやわらかいですし、いい感じですよ。
まずはこのまま様子を見ましょう。
子宮の張りが足りない時は、以前お話ししていたように収縮剤を使いますね」
「お願いします」

「いざという時にすぐに帝王切開ができるように、これから赤ちゃんが産まれるまでは飲んだり食べたりしないでくださいね。その分、水分は点滴で補いますので」
「下から産めますかね？」
「今のところ下から行けそうですよ。
　もちろん、これからスムーズに進むかどうかは見てみないと分かりませんけど」

　助産師に必要な指示を出して、いったんその場を離れた。
　そろそろ手術室に行かなければいけない時間だ。

　手術室に入ると、ちょうど患者が入ってくるところだった。
　24歳の普通のOL。
　結婚予定の相手との子どもだけれど、今はまだ産む気はないんだそうだ。
　結婚してもいいと思っていたから、避妊はしたりしなかったりだと言っていた。

　結婚していれば避妊しなくていいわけじゃないの

に。

「今はまだ」という気持ちは分からなくもない。

私自身、研修医の頃は子どもを産むなんて考えられなかった。

仕事の関係や経済的理由で、産む時期を先延ばしにしなければいけないことだってある。

でも、産む気がないなら作らなければいいのだ。

なぜ避妊しないんだろう……。

年間30万件という中絶件数は、はっきり言って異常な数字だと思う。

自分がこうやって、命を消す仕事をしなければいけないことが、なんだか悲しくなる。

「若者の性が……」って言うけど、20代だって30代だって中絶してるんだもんね。

避妊しなきゃいけないのは、何歳だって同じなんだけどな〜。

手術はなんのトラブルもなく、5分ちょっとであっけなく終わった。

本人が麻酔で眠っている間に、その体から生命が1つ消えていったのだ。

同じ性を持つ者として、その感覚がどんなものなのか理解するのは難しい。

そしてなにより、手術を行なったのは他ならない自分であることが私にとっては負担だった。

病棟では今頃、待ちに待った赤ちゃんを腕に抱く瞬間を夢見て、木村さんが頑張っているはずだ。

その同じ瞬間に、産まれてくることを望まれずに、静かに消えていく命がある。

望まれた命と望まれない命……。

その境界は、いったいどこにあるんだろうか。

誰がそれを決めるんだろうか。

なぜ、私のもとには命は降りてきてくれなかったんだろうか。

「早く子どもが欲しいな」

結婚して1年もたたないうちに、恵太はたびたびその言葉を口にするようになった。

もともと子ども好きなのは知っていたけれど、仕事でヘトヘトになっている時にそう言われるのは正直つらかった。

それでも、恵太のリクエストに応えようと思ったのだ。

基礎体温をつけて、３年ほど頑張ってみた。

自分が妊娠しにくい体質なのは知っていた。

研修医の頃に無茶な働き方をして、月経が半年も来なかったことがあったのだ。

「医者の不養生」とはよく言うけれど、私もその状態を放置していた。

その後、ピルを飲み始めたので、月経は来るようになったけれど、卵巣機能が悪いのは相変わらずだった。

自分の病院で検査を受けようかと思ったこともある。

でも、相談できなかったのだ……。

自分が妊娠を目指すということは、戦力を減らすことになる。

妊娠すれば、同僚たちに迷惑がかかる。
だから、まともに不妊治療を開始することをためらってしまっていた。

人の妊娠をサポートしながら、自分の妊娠をあきらめるなんてね……。

不妊治療をしている患者の相談に乗りながら、妊娠できない自分がなんだか惨めに思えた時もあった。

なぜ、欲しい人にできなくて、欲しくない人にできるんだろう……。
なんだか不公平だ。

患者が麻酔から覚めたのを確認して、私は手術室を出た。
後は夕方に診察して、問題なければ明日には退院していく。

退院前に、助産師からしっかり避妊指導してもらわないと……。

病棟に戻ると、すぐに助産師からレポートがあった。

どうやら木村さんの陣痛が強くなってこないらしい。

双子の場合、子宮も普通より引き伸ばされた状態になるので、十分な収縮が来ないことが多い。

「微弱陣痛」と言って、ダラダラと弱い収縮が続くだけで、お産が進まなくなってしまうのだ。

本人のもとへ行くと、先ほどと同じように苦しそうにしてはいるが、まだ余裕がありそうだ。

ご主人に腰をさすってもらいながら、「フ〜ッ、フ〜ッ」と大きな呼吸を繰り返している。

「お痛みどうですか？」
「う〜ん、結構痛いです」
「朝より強くなってます？」
「あまり変わらないかも……」
「モニターで見ても、あまり強くなってきてないんですよね。

このままダラダラ弱い張りが続くと、子宮も赤ちゃんも疲れてしまう危険性がありますから、収縮剤の点滴をしましょう」

「はい……お願いします」

「ご主人も、よろしいですか？」

「あ、はい。お任せしますんで……よろしくお願いします」

入院中に、双子のお産のリスクや起こりうる事態は、本人にもご主人にも何度かに分けてしっかり説明してあった。

なので、本人の理解も非常にスムーズだ。

妊娠も出産も「事前教育」が大事だと言われているが、本当にその通りだと思う。

特に、妊娠前の教育は、本来もっとしておくべきなのだ。

「アトニン[※10]用意して。促進します」

点滴の指示を出すと、いったんその場を離れて病棟の残りの仕事を片付けにかかった。

このままお産になれば、分娩室からは出て来れなく

※10＝子宮収縮を促す薬の名前。陣痛誘発や促進にも使う

なる。
それまでに今日やるべきことを済ませておかなければならないのだ。
病棟の雑務や入院患者の診察を済ませて、私は木村さんのお産に備えた。

点滴を始めてからは、順調にいい陣痛が来始めたようだ。
陣痛室からは、時折苦しそうな声が漏れてくる。
内診所見も順調に進んで、夕方前には子宮口が全開大となった。
陣痛室から分娩室に移動して、いよいよお産の準備をする。

「今日の当直誰だっけ？」
「海野《うみの》先生です」
「一応コールしておいて。あと、小児科にも連絡して」

双子の場合、なにかと人手が必要になることが多い。
分娩がスムーズにいかなかったり、産まれた赤ちゃんをすぐに小児科医に診てもらわなければいけないことも想定して、本格的にお産に突入する前に人員を確保しておいた。

「木村さん、よく頑張りましたね〜。もうちょっとですよ」
「先生、もう出そうです……」
「いきみたくなったら自然に力を入れてみましょうか。まだ力いっぱいいきまないでくださいね」
「いた〜い！」

　いつもは比較的冷静な木村さんも、この時ばかりは叫び声を上げていた。
　ご主人の手を力いっぱい握り締めて顔をゆがめている。
　まさに、産みの苦しみと戦っているのだ。
　この時ほど、女性の、いや母親の強さを感じる瞬間はない。

「木村さん、分かりますか？　今破水しましたよ。
　ご主人も見えますか？　今出てきたお水が羊水です」

付き添っているご主人は、緊張しているのか、戸惑ったような表情で流れ出た羊水を眺めていた。

そうこうしているうちに、次の陣痛がやって来る。

「先生〜、痛いです〜」

「大丈夫ですよ。痛い時は自然に力が入りますからね」

「早く出てきて〜！」

「もう痛くないですよね〜。はい、深呼吸しましょう」

赤ちゃんの頭がゆっくりと降りてきていた。

羊水もきれいだし、心音[※11]も問題ない。

もうちょっとだ！

頑張れ！

木村さんの頭元には、ご主人がピッタリと寄り添っていた。

※11＝赤ちゃんの心臓の拍動の音。正常範囲は120〜160

手を握って、ずっと「大丈夫。頑張れ」と励ましている。

男性は、見守ることしかできない。

なんだかんだ言って、やっぱり産むのは女性だ。

命がけで命を産み落とす。

「お！　そろそろか？」

「先生。もうすぐ排臨《はいりん》※12です」

「じゃあ、エコースタンバイしておこう」

「ありがとうございます。お願いします」

当直医の海野先生も到着して、万全の態勢が整った。

「先生！　また痛くなってきました～」

「はい、落ち着いて。大きく深呼吸しましょう」

「できません～」

「じゃあ、息を吸って……はい、いきんで！」

「痛い～!!」

※12＝いきむと膣の出口から胎児の頭が見える状態のこと

「声は出さない出さない。口は閉じますよ～」
「ん～～～～～!!」
「ほら、頭が見えてきましたよ～」

黒い髪の毛がゆっくりと見えてくる。
赤ちゃんも、今まさに狭い産道をなんとか通り抜けて出てこようと頑張っているのだ。
この共同作業がうまくいかないと、なかなか産まれてこない。

「いったん息を吐きましょう。痛くなくなったら深呼吸ですよ～」
「先生、まだですか～？」
「もうすぐですからね。とっても上手にいきめてますよ」
「あ～、痛くなってきました」
「じゃあ、また息を大きく吸って……」

先ほどよりさらにしっかりと、頭が下がってきた。
もうすぐ出てきそうなところまで来ている。

やっぱり経産婦さんだよな～。

とてもスムーズな進行に、少し安心する。

これが初めてのお産だと、こうはいかないことが多い。

木村さんの場合、死産とは言え一度出産しているので、お産の進みが早いのだ。

「もう頭が出てきますよ。一度吐いてもう一回軽くいきみましょう」

「ん〜〜〜!!」

「はい！　もう力を抜いて！　息を吐きますよ〜。

赤ちゃん出てきますからね」

「あ〜、頭が見えた！」

「今、体も出てきてますからね」

「元気ですか？　生きてますか？」

「元気ですよ。今から泣きますから、ちょっと待ってくださいね」

ガーゼで手早く顔の血液や羊水をふき取り、鼻や口の中の羊水を吸引する。

赤ちゃんの背中を軽くなでると、勢いよく泣き声を上げた。

　オギャ〜。
　オギャ〜。
　オギャ〜。

「おめでとうございます！　元気な女の子ですよ」
「ありがとうございます〜。よかった〜」

　木村さんとご主人の目には、すでに涙が浮かんでいた。

　でも、まだ安心はできない。
　もう１人が待っている。

「先に小児科の先生に診てもらってから抱っこしましょうね」

　へその緒を切ると、すぐに小児科医に手渡す。
　抱き上げた感触から、2500グラムギリギリはありそうだった。

「アトニン上げて！　エコーお願いします」

「頭位だ。大丈夫」
「ありがとうございます」

双子の場合、１人が出た後にもう１人の頭の向きが変わることがある。
事前の超音波では２人とも頭位だったが、２人目が変わらず頭位なのを確認してほっとした。
これが回っていたりすると、やっかいなのだ。

「木村さん、まだお産は終わってませんからね。もうちょっと頑張りましょう」
「はい〜、また痛くなってきました」
「もう１人も頭が下になっています。さっきと同じ要領でいきんで大丈夫ですからね」
「痛いです〜！」
「息を止めて！」

２人目もスムーズに降りてくる。
髪の毛が見えてきそうなところで破水した。
１人目よりさらに早く出てきそうだ。

「もう頭が見えてきてますよ」

「また痛くなってきました……」
「とても上手ですよ。はい、いきんで〜」
「ん〜〜〜!!!!」

２人目は、飛び出してきそうな勢いで出てきた。
すぐに吸引すると、待ちきれなかったように泣き始める。

オギャ〜〜。
オギャ〜〜。
オギャ〜〜。

「とっても元気な女の子ですね」
「よかった……ありがとうございます」

夫婦で手を取り合って涙を流している。
何度も何度も「よかった」と繰り返して。
ご主人が、木村さんの頭をなでながら「お疲れ様」と言うと、木村さんはまた涙を流して「ありがとう」と繰り返した。

「これから胎盤が出ますからね、ちょっと気持ち悪いですよ」

　胎盤が出るまでは、安心はできない。

　赤ちゃんが無事に出た後でも、お母さんに急変が起こらないとは限らないのだ。

「アトニン全開にして！　パルタン[※13]用意しといてください」

「緩みそうか？」

「ちょっと……まだ出血は大丈夫です」

　海野先生が、木村さんのお腹を押さえて子宮底の位置を確認する。

「臍高《さいこう》……ちょっとやわらかいな」

　陣痛が弱かったり、ダラダラお産が進んだり、筋腫があったりすると、お産の後の子宮の収縮が悪くて「弛緩《しかん》出血」を起こすことがある。

　短時間で一気に1000ml近い出血が起きることもあ

※13＝子宮収縮を促す薬の名前。分娩後の子宮収縮が不十分な時に使う

るので要注意なのだ。

「胎盤が出ますよ～。自分ではいきまなくていいですからね」

　ゆっくりと胎盤が剥がれて出てくるのを、少し引っ張る。
　２人分の胎盤がスルスルと出てきた。
　とたんに、どっと血液があふれてくる。

「パルタン静注《じょうちゅう》して！」

　すぐに子宮の出口を押さえると、お腹の上からは子宮の天井をマッサージする。

「先生、痛いです～」
「ちょっと痛いですけど我慢してくださいね。
　子宮が緩むと大出血してしまいますから、マッサージしますよ」

　予想通り、一瞬子宮の収縮が悪くなって一気に出血したようだ。

こんな時は、本人が痛がっていようがお構いなしに圧迫とマッサージをするしかない。

幸い、マッサージを始めるとすぐに子宮は硬くなった。
出血も徐々に減っていく。
やっと子宮底がコリコリと触れるようになったので、ゆっくりと手を離す。

先ほどのあふれるような出血はなくなっていた。
少量の血液が流れてくるだけである。

よかった……。

「これからお下の裂けたところを縫っていきますからね」
「かなり裂けました？」
「そんなにひどくはないですよ。麻酔しますから、ちょっとチクッとしますね」

赤ちゃんが出てくる時にできた傷を、局所麻酔で縫《ほう》合《ごう》する。

赤ちゃんが小さめだったおかげで、ほんの少し切れただけだった。

縫合しているところに、小児科の水木《みずき》先生が１人目を抱っこして連れてきてくれた。

「小児科の水木です。おめでとうございます。
２人とも元気ですからね。体重も2504グラムと2397グラムで、ちょっと小さめですけど大丈夫そうですね」
「元気ですか？　異常ないですか？」
「はい、元気ですよ」
「よかった〜。ありがとうございます」

木村さんは１人目を抱っこしながら、また泣き始めた。
ご主人は２人目を手渡されて、恐る恐る抱っこしている。
２人で「よかったね。よかったね」と言い合いながら涙を流している姿を見て、思わずもらい泣きしそうになった。

縫合が終わると、もう一度出血が増えていないか確認する。
子宮の硬さも保たれているし、出血も減っていた。

「はい、終わりましたよ。今、楽な姿勢を取れるようにしますからね」
「ありがとうございます〜」

ベッドを平らにし、お産の姿勢から普通に仰向けになれるようにする。
私は手袋を外して、いったん手を消毒しなおしてから、赤ちゃんの顔を改めて見せてもらった。
お産の時は、赤ちゃんの顔を眺める余裕なんてない。
とにかく、起こりうるトラブルをいろいろ想定しながら、次になにをすべきかを常に考えている状態なのだ。

「かわいいですね〜。お父さん似かな？」
「そうですよね？」
「お疲れ様でした。よかったですね」
「先生、ホントにありがとうございました」

木村さんは、また涙ぐんだ。
今までのつらい思いと、この瞬間の喜びが、その涙から痛いほど伝わってくる。

「先生は、いろいろあったこと全部知ってるから分かると思いますけど……」

そう言って声を詰まらせる。

木村さんが死産した時に立ち会ったのも私だった。
その時、私は医者になって初めて、産声を上げない赤ちゃんを取り上げたのだ。
普通の赤ちゃんと同じように出てきたのに、真っ黒なままグッタリとしているその姿と感触は、今でも忘れられない。
そしてなにより、その時悲鳴のような声をあげながら泣きじゃくっていた、木村さんの姿はまだ目に焼きついている。

私は木村さんの手をそっと握った。

「たくさん頑張りましたよね」
「はい……本当に、ありがとうございます。
　こうやって赤ちゃんを抱っこできるなんて、夢みたいです」
「大事に育ててあげてくださいね」
「はい。ありがとうございます」

　こうやって望まれて、愛されて産まれてくる子どもはなんて幸せなんだろうか。
　人が１人無事に産まれてくるということは、本当に奇跡だと思う。
　その瞬間に立ち会えることに、感謝すべきなのかもしれない。

　先ほど１つの命を消してしまった同じ手で、新しい命を取り上げていることに、なんだか妙な違和感を覚える。

　どうすれば、すべての子どもがこうやって望まれて産まれてくれるんだろうか。
　どうすれば、子どもを望んでいる人のもとだけに赤ちゃんはやって来てくれるのだろうか。

望まれた命と望まれない命。

自分の中では背中合わせになっている。

奇跡の瞬間が喜びのまま無事終わったことに感謝して、私は分娩室を後にした。

夕べの当直帯はほとんど寝られなかったので、さすがに限界だった。

勤務時間は、すでに35時間を超えようとしている。

残りの業務をさっさと済ませて、一刻も早く横になりたかった。

＊　＊　＊

帰宅すると、恵太からの手紙が届いていた。

事務的な茶封筒の中に、１通の書類が入っている。

「離婚届」

すでに恵太の名前は記入してある。

あとは、私がサインすれば私たちをつないでいる糸はなにもなくなる。

いまさら元に戻る気はなかった。
お互い、見ている方向が違ったのだ。
一緒にいるほうが不幸になる。

恵太のことを嫌いになったわけじゃない。
でも、一緒にはいられない。

なんでこんなにモヤモヤするんだろう……。

私は恵太と結婚してよかったと思っている。
そして、離婚することにも納得している。
なのに、なんとも言えない寂しさを感じるのはなぜなんだろうか。

私はなんの気なく、結婚したばかりの頃のアルバムを取り出していた。
楽しかった頃の写真を、ボーッと眺める。
写真の中の自分の笑顔を見ていると、なぜか涙があふれてきた。

ちゃんと、伝えなきゃ……。

私は恵太に伝えなきゃいけないことがある。
たぶん、まだそれを一度も伝えてない。

アルバムをしまうと、離婚届にしっかりサインをした。

第4章

ロシアンルーレット

　その日も、外来と緊急帝王切開でバタバタしたまま当直に突入した。
　幸い病棟は落ち着いていたので、夕方から始めた回診もあっさり終わり、カルテを記載すればルーチンの仕事は終わる。
　陣痛室には、昼過ぎに入院した39週の初産婦さんが１人いるだけだった。
　陣痛の状態や内診所見を見る限りでは、順調に進んでいるようである。
　念のため、外来カルテを確認し、状況を助産師からもレポートしてもらう。

「どんな感じ？」
「あ、先生、今日当直？　今７センチ。結構進んできてますよ」
「ステーション[※14]はまだ高いんだ……」
「う〜ん、ちょっと高いですね」

※14＝胎児の頭がどのあたりまで下がってきているかを表すもの

助産師が記録したパルトグラム[※15]を見ながら、お産の進み具合を把握する。

お産は、陣痛が弱くても赤ちゃんが大きすぎても骨盤が狭すぎてもスムーズに進まない。

それ以外にも、いろんなトラブルが起こりうる。

さっきまで順調だったはずのお産が、急に泥沼になることだってあるのだ。

ベテランの先輩が言っていた。

「ロシアンルーレットよ。私も早く足を洗いたいわ」

事故は一定の確率で起きる。

いつ急変するかは予測がつかない。

そんな中で、自分がその「地雷」をいつ踏むか、誰も分からないのだ。

ホント、ロシアンルーレットね。

※15＝お産の進み具合を記録した用紙

「またレポートください」
「は〜い。お疲れ様です」

診ているのが慣れた助産師だと、こちらも安心できる。
とりあえずはそのまま様子を見てよさそうだと判断すると、残った雑務に取りかかった。

入院中や通院中の患者から提出された診断書に記入しなければいけないのだ。
こういった書類記入の業務はどんどん増えていく。
多いと、１人あたり３枚や４枚も診断書を書かなければいけない。
１人が複数の保険に加入しているためだ。

各保険会社が書類のフォームを統一してくれれば、１通だけ書いて後はコピーで事足りるのに……。

同じ内容を何通も書かなければいけないと、さすがにうんざりしてくる。
しかも、こういった業務はいくらやっても個人的な収入につながるわけではない。

医業以外の雑用が、医師の忙しさに拍車をかけていることは明らかだ。

1時間ほどを書類書きに費やして、山になっていた書類を全部片付けた。

やっと終わった〜。

時計を見ると、すでに11時近い。

お産はどうなってるんだ？

レポートがないのでこちらから陣痛室に向かうと、ちょうど助産師が診察しているところだった。

「所見どうですか？」
「ほぼ全開ですけど……ステーションはまだ高いですね」

どうやら赤ちゃんの頭がなかなか下がってこないようだ。
推定体重は3000グラムちょっと……極端に大きい

わけではない。

　モニター上は問題なさそうだ。

「回旋[※16]は？」

「胎胞が張っててちょっと触れにくいんですよ」

「じゃあ、進みが悪かったらまず人破《じんぱ》[※17]しましょう」

　焦る必要もないので、そのまま自然経過を見る。

　２時間ほどして自然に破水した。

　相変わらず赤ちゃんの頭は高いままなので、今度は自分で診察する。

「う〜ん……回旋は問題なさそうですね」

「極期《きょくき》[※18]が短いんですよね」

　診察しながら、お腹の張り具合も見る。

　確かに、陣痛は３〜４分間隔で来ているが、ピークの張りが弱いようだ。

※16＝産道を通る時に起きるはずの胎児の姿勢の変化
※17＝人工破膜の略。胎児を包んでいる膜を人工的に破ること
※18＝陣痛が最も強い状態で維持されている時期

お腹が張っても、あまり赤ちゃんの頭が押されてこない。

このまま陣痛が弱まってしまうと、お産の進行が止まってしまう。

そうなる前に、十分な陣痛をつける必要がある。

患者に促進の説明をするために、助産師に同意書を持ってきてもらう。

どんな医療行為を行なう時も、この「同意書」をとっておく必要があるのだ。

「今診察したら、子宮の出口はほぼ開いてますけど、赤ちゃんの頭がまだちょっと高いみたいですね」

「まだ産まれないんですか？」

「もっと頭が下がってこないと産まれません」

「もう苦しいです～」

「お腹も結構張ってはきてるんですけど、ちょっとお痛みが弱いみたいなので、お薬で陣痛を助けてあげたほうがよさそうなんですね」

「薬を使うんですか？」

「陣痛促進剤と言って、点滴で子宮の収縮を助けてあげます」

「できれば薬は使いたくないんですけど……」
「使わなくていい薬は私たちも使いません。でも、今のままだと陣痛が弱くて赤ちゃんが出て来れない可能性があるんですよ」
「このままだと産まれないってことですか？」
「絶対に産まれないとは言いきれませんけれど、その可能性が高いってことです」
「じゃあ、お願いします」

なんとか理解してもらえたようなので、促進剤の同意書を書いてもらって点滴を始める。

患者の中には、とにかく「自然」にこだわる人もいる。
もちろん、私自身できる限り薬は使いたくない。
自然な陣痛でちゃんと進むのであれば、自然がいいに決まっている。
でも、なにもしないことがかえってリスクを高めることだってあるのだ。
医療の介入が必要のないお産ばかりなら、産科医はいらないはずだ。
自然にこだわったばっかりに、悲しい結果に終わることもある。
そうならないようにサポートするのが「医療」なんじゃないか。

「促進します。アトニン用意して」

陣痛をつける薬は、もちろん間違った使い方をすればトラブルになることもある。
投与量を点滴で微妙に調節するのは、陣痛の強さを見ながら薬の量をコントロールするためだ。

点滴を始めて１時間ほどで、しっかりした陣痛になった。
それでも赤ちゃんの下がりはかなりゆっくりだ。

なんとかいきんでもよさそうなところまで下がってきたので、陣痛室から分娩室へ移動する。

なんとなく嫌な予感がしながら、私は仮眠も取れずにそのままお産に付きっきりになっていた。
お産の進みが順調な時は、産まれる直前まで助産師が経過を見てくれることも多い。

夜は特に、少しでも寝られる時に寝ておかなければ翌日がつらいので、産まれそうになったらコールしてもらうことがほとんどだ。

ただ、今回のようにお産の進みが悪かったり、赤ちゃんの心音が安定しなかったりすると、「産まれそうになったら呼んでね」とは言えなくなる。

経過をこまめにチェックして、時期を外さずに適切な介入ができるようにしなければいけない。

「そろそろお産の準備に入りますからね」

助産師が声をかけながら、分娩台のセッティングを進めていく。

それまで横を向いて丸まっていた患者を仰向けにした。

「痛くなってきました～」
「いきみたかったら力を入れてもいいですよ」

子宮の収縮が強くなってきたその時、それまで140台だった心音が突然下がり始めた。

トントントントン……ト…ン…ト……ン
ト……ン……ト……ン……ト……ン

モニターを見ると、70台まで下がってきている。

「オーツー[※19]開始！　３リットルで！」
「イタ～い！」
「もう痛くなくなってきてるはずですよ～。
鼻から大きく深呼吸しましょう」
「マスクから酸素が出ていますからね。
赤ちゃんにも酸素をしっかりあげましょう」

心音は少し遅れてゆっくり回復してきた。

ト……ン……ト…ン……ト…ン……トン
ト…ン……トン…トン…トン…トン……

赤ちゃんの頭が骨盤の狭いところを通る時に圧迫されると、一時的に赤ちゃん自身が苦しくなって心臓の

※19＝O_2、酸素のこと

動きがゆっくりになることがある。
　子宮の収縮が治まれば圧迫も解除されるので、心音も回復する。

「来そうです～」
「じゃあ、さっきと同じ要領でいきんでみましょう」

　助産師が介助をする。
　私はモニターを見つめていた。

　トン…トン…トン…トン……ト…ン……ト……ン
　ト……ン……ト…ン……ト………ン………

　やはり、心音が急速に落ち始める。
　60台まで落ちていくのを見て、近くの助産師に合図する。

「オーツー5リットルに上げて。
　あと、吸引用意しといて！」

　心音がずっと落ちたままだと、産まれた時に赤ちゃんが酸素不足の状態で出てくることになる。

先ほどのように回復している間はいいが、それでもかなりストレスがかかっていることは確かだ。
あまりのんびりしないほうがいい。

内診すると、赤ちゃんの頭はすぐそこまで下がってきていた。
ただ、恥骨に頭が引っかかっている。
普通は押し出す力と赤ちゃんの頭の変形によって、狭いところを時間をかけて通り抜けてくるのだが、今は自然に出てくるのを待っていられない可能性も出てきた。
赤ちゃんが酸素不足の状態が長く続くと、脳に十分な酸素がいきわたらずに障害を残してしまうこともある。
心音が落ち始めたら、早めに出してあげることを考えなければいけない。

ト……ン……ト…ン……ト……ン…ト…ン……
ト…ン……トン……トン……トン……トン…トン

なんとか100台まで回復してきた。
先ほどより回復が悪いのを見て、私は吸引を用意することにする。
　吸引分娩は、赤ちゃんの頭に吸引カップを吸いつけて、赤ちゃんを引っ張り出す方法だ。
　もちろん、吸引によるリスクもある。
　自然に出て来れる赤ちゃんを無理に引っ張ってはいけない。
　でも、のんびり待っていられない時は、こうやってなんらかの介入をしなければいけないのだ。

「田辺《たなべ》さん、分かりますか？」
「はい……まだ産まれないんですか〜？」
「赤ちゃんの頭はすぐそこまで来てますよ。
　ただ、一番狭いところをまだ通り抜けてないんです。
　赤ちゃんの心臓のリズムがちょっとゆっくりになってきているので、赤ちゃんに負担がかかっている可能性があります」
「赤ちゃん、大丈夫なんですか？」
「今は大丈夫ですけど、お産にこれ以上時間がかかるともっと苦しくなってしまう危険性があります。
　早く出してあげるために、ちょっとお手伝いさせてください」

「あ～。また痛くなってきました～」
「さっきと同じですよ。
　大きく息を吸って、はい、いきんで！」

　トン…ト…ン……ト……ン………ト…ン………
　ト……ン………ト……ン………ト………ン……

　やはり心音は下がる。
　60台まで急激に落ちていく。

　本人のいきみだけでは頭はこれ以上下がってこない。

「吸引カップちょうだい！
　スイッチ入れて！」

　吸引分娩の用意をするために、吸引カップを接続して圧力を確認する。

「局麻！
　小児科コールして！」

「赤ちゃんをスムーズに出してあげるために会《え》陰《いん》切開しますね。

先に麻酔をしておきますね。

ちょっとチクッとしますよ～」

本人はすでに陣痛の痛みで話を聞ける状態ではなかった。

局所麻酔をもらって、会陰に注射する。

先にしっかり切開を入れて陣痛が治まるのを待った。

ト………ン………ト……ン……ト……ン……

ト……ン……ト……ン……ト…ン……ト…ン……トン……

ゆっくり心音が戻りかけるが、80台から90台をふらつく。

もう待てない！

私は急速墜娩をすることに決めた。

吸引カップを赤ちゃんの頭に装着して、次の陣痛を待つ。

ピリリリリリッ！

その時、当直用のPHSが鳴った。

「誰か、電話お願い！」

両手がふさがっているため、近くの助産師に電話を取ってもらう。

「はい、和泉先生のピッチです……。
先生、急患室からです」
「耳に当ててもらえますか？」

受話器を耳に当ててもらいながら、吸引カップの位置を確認する。

「はい、産婦人科当直です。
今お産中なんで……」
「すみません。妊婦さんからお電話で。
急にお腹に激痛が来たっておっしゃってるんですけ

ど」

「何週の人？」

「それが、何週か分からないそうです」

「え？　なんで？

うちにかかってる人じゃないんですか？」

「はい……妊娠してから１度もどこにもかかったことないそうで」

野良妊婦か！

お産の状況も手伝って、思わず舌打ちしたくなる。

野良妊婦というのは、妊娠していることを自覚していながら病院にかからず、健診も受けずにフラフラしている妊婦のことだ。

10代の子がなかなか妊娠の事実を言い出せずに時間が過ぎてしまったり、受診するお金がないために陣痛が来るまで病院にわざと行かないというケースなど、理由は様々だ。

どちらかと言うと、やむにやまれず受診の機会を逃すというより、単なる怠慢で確信犯的なケースのほうが多い。

途中で受診しようにも、最近は分娩制限をしている病院が増えているので、受診が遅れると予約がいっぱいだと言われてしまう。

妊娠初期に病院にかかっていなかったら、その後診てくれる病院は非常に限られてくるのだ。

正確な週数も分からず、合併症があるかどうかも分からない野良妊婦をわざわざ引き受けてくれる奇特な病院はそうそうないだろう。

だからこそ、妊娠したら病院を受診し、かかりつけを決める必要がある。

それを、母親の勝手で怠るということは胎児に対する虐待だと思う。

母親には、自分の健康を管理し、安全にお産できる環境を整える義務があるはずだ。

電話してきた患者がどういった事情で野良妊婦になっているのかは分からない。

ただ、急激な腹痛が起きたということは、緊急になんらかの処置が必要になる可能性が高い。

今の状況からして、そんな患者を受け入れている余裕はない。
目の前のお産を優先させるしかなかった。

「これから急速墜娩なんです。
他を当たってもらってください」
「分かりました」

私の脳裏に、数日前の新聞の見出しがちらついた。

『またもや妊婦たらい回し！　対応の遅れで胎児助からず』

今、もしお産が進行中でなかったら、受け入れざるを得ないだろう。
でも、現状は目の前のお産さえ無事に出てくれるかどうか分からない状態なのだ。
たとえ無理して受け入れても、このお産が終わるまでは待ってもらうことになる。
そのほうがかえって対応が遅れかねないのだ。

「痛くなってきました〜」

「吸引しますよ。
　さっきと同じようにいきんでください」

　吸引のスイッチを入れて、圧を確認する。

　ト…ン……ト……ン………ト……ン……ト………ン……
　ト………ン………ト…………ン……ト………ン

　私を追い立てるように心音が落ちていく。
　本人のいきみに合わせて、カップをゆっくりと引いていった。
　頭はわずかに下がっただけでなかなか通り抜けない。

「もう１度大きく吸って！
　しっかりいきみますよ！」
「もうだめです～」

　２度目のいきみは逃してしまった。
　陣痛が遠のいていく。
　カップの圧をいったん抜いて、再度位置を確認した。

　次でなんとか出てきてほしい。

　お願い！

　出てきて！

　ト………ン……ト……ン……ト……ン……

　ト……ン……ト……ン……ト……ン……ト……ン

　ゆっくりした心音が、自分の鼓動と重なる。

　背中を冷たい汗が流れていった。

「田辺さん、赤ちゃんがかなり苦しくなってきてます。

　次に痛くなったらしっかり頑張っていきみましょう」

「は……い」

　小児科の熊《くま》田《だ》先生も心音を気にして近づいてきた。

　向こうには、すでに挿管《そうかん》の準備[※20]までしてある。

※20＝気管内挿管がいつでもできるように準備をすること。人工呼吸器はつけないが一時的にバッグで押して呼吸の補助をするため

「よろしくお願いします」
「次で出そうですか？」
「できれば出そうと思ってます」

「来そうです～」
「じゃあ大きく吸って！
　はい、しっかりいきんで～」

　ト……ン………ト……ン………ト…………ン……
　ト…………ン……ト……ン………ト…………ン……

　焦りそうになるのを慎重にコントロールしながら、吸引カップを引く。
　今度はグッと手ごたえがあった。
　頭が恥骨を越えて、ググッと降りてくる。

　ト………ン…………ト………ン…………ト………ン……

「もうちょっとですよ！
　いったん吐いて、もう１度頑張って！」

「んん〜〜〜!!!」

いきみに合わせてカップを引くと頭がやっと出て来た。

「頭が出て来ましたよ〜」
「巻絡《けんらく》※21あります！」
「外せそう？」
「ちょっと……きつそうです」
「切るから！」

首にへその緒が巻いていた。
１重ではなく、何重かにきっちりと巻いている。

このせいか……。

カップを手早く外して、首元でへその緒を切った。
ぐるぐる巻きになっているへその緒を外す。
3重も巻いていた。

※21＝臍帯巻絡（さいたいけんらく）のこと

「体が出ますからね。
軽くいきみましょうか」

赤ちゃんはグッタリしたまま出てきた。
もちろん、泣き声はない。

すぐに小児科医に手渡す。

木村さんの死産の時の感触がよみがえる。
グッタリと力の抜けた手足。
いつまでたっても聞こえない泣き声……。

「アトニン全開にして。
胎盤出ます」

胎盤が出るのを待ちながら、私は小児科医のほうをうかがった。
赤ちゃんの口元にマスクを当てて、呼吸を介助している。
まだ泣き声は聞こえない。

お願い！

頑張って！

「１分です」

ホギャ……。

助産師の声とほぼ同時に、弱々しい声が一瞬聞こえた。

「なんで泣かないの？
赤ちゃんは？」

不安げにしている患者に状況を説明する。

「赤ちゃんがかなり苦しい状態で産まれたので、今、小児科の先生に診てもらってますからね」

１分間がとてつもなく長く感じられた。
会陰切開の傷を処置しながら、泣き声を待つ。

頑張れ！
泣くんだ！

ホギャ……。

ホギャ……。

…………。

…………。

オンギャ～！

オンギャ～！

一瞬の沈黙の後、力強い泣き声が聞こえてきた。

振り返ると、手足をバタつかせている赤ちゃんの姿が見えた。

よかった……。

「あ～、泣いた～。
よかった～」

「おめでとうございます」

「ありがとうございます～」

聴診器を当てていた熊田先生が、こちらを振り返ってうなずく。

どうやら大丈夫なようだ。

「３分です」

「アプガー[※22]８点。酸素は吹き流していいよ。

サチュレーション[※23]つけてもらえる？」

まだ手足が紫色だが、どうやら自分でしっかり呼吸しているようだった。

ほっと胸をなで下ろして、切開した傷の縫合を進めていった。

ゆっくり進めたお産と違って、吸引などで急いで出した場合、会陰もざっくり切れてしまうことが多い。

最初に切開を入れていたので、変な傷にはなっていなかったが、それでも肛門近くまで切れてしまっていた。

「田辺さん？

お疲れ様でした。

小児科の熊田です。

※22＝産まれてきた児の元気さを点数化したもの(皮膚の色・心拍数・呼吸の状態・筋肉の緊張・反射の有無で判断する)

※23＝血液中の酸素濃度を測る器械

赤ちゃんはちょっと出る時にストレスがかかったみたいですけど、すぐに自分でしっかり泣きましたからね。

まだ呼吸の状態が不安定なので、念のため小児科で一晩様子を見させてもらいますね」

「はい……お願いします」
「抱っこしてみますか？」
「いいんですか？」
「ちょっとなら大丈夫ですよ」

助産師が連れてきた赤ちゃんを恐る恐る抱っこしながら、田辺さんは涙を流していた。

「頑張ったね〜。えらいね〜」

指を近づけると、小さな手が力強く握り締める。

「よかったね〜」

赤ちゃんのほほをなでながら、田辺さんは何度も「よかったね」を繰り返した。

「切れたところを縫っていきますから、ちょっと動かないようにしててくださいね」

赤ちゃんのことは小児科に任せて、私は傷の縫合を続けていった。

ピリリリリリッ！

半分縫い終わった辺りで、再びPHSが鳴る。

「ゴメン、誰か出られる？」

処置中は電話に直接出られないため、その都度、助産師に出てもらうしかないのだ。

「先生、急患室からです」
「あ、お願い……」

先ほどと同じように電話を耳に当ててもらいながら対応した。

「はい、当直の和泉です」
「急患室です。たびたびすみません……。
　先ほどお断りしたはずの急患の方が今いらしてまして……」
「え?!　断ったんじゃなかったんですか？」
「はい。お産対応中なので他の病院に行くようにお伝えしたんですが。
　どこも断られて、一番近いここに来たらしいんです」

　今度はゲリラお産ですか……。

　行くところのない野良妊婦が、あちこちの病院で断られた挙句にいきなり飛び込んでくるケースも増えている。
　中には、陣痛が来たり破水したりするまでまったく受診も問い合わせもせずに、いざ産まれそうになって直接病院に駆け込んでくる人もいるのだ。

　受ける側からすると、まさにゲリラお産だ。
　病院側は、一歩病院内に入って来られたら、診療を拒否することはできない。

今回のように断ったのに来てしまったという場合も、病院に来た以上は診察するしかないのだ。

「来ちゃったんなら診るしかないでしょう……。
カルテ作って、病棟に上がってもらってください」
「分かりました」

緊急対応が必要な可能性も考えて、急患室ではなく人手のある病棟で診察することにする。
しかも、まだ縫合の途中である。
急患が到着する前にやるべきことは済ませておかなければいけない。

残りの縫合を手早く終わらせて止血を確認する。
子宮を押さえると、コリコリとよく収縮していた。
出血も少ないし、ひとまずは離れても大丈夫そうだった。

「お疲れ様でした。
おめでとうございます」
「ありがとうございました〜」

赤ちゃんの顔もゆっくり見られないまま、分娩室を出る。

カルテに必要事項だけ記入していると、急患が到着した。

第５章

地雷

急患は車椅子に乗ってやって来た。

後ろからパートナーと思われる男性が、荷物を持ってついてきている。

本人は前かがみになってお腹を押さえていた。

表情からも、かなり痛がっていることが見てとれた。

「ドップラー[※24]とエコー用意して」

患者に近づくと、強いタバコの臭いで一瞬気分が悪くなる。

明らかにヘビースモーカーだ。

「いつから痛み始めました？」
「今朝……からです」
「今くらい強くなったのは？」
「さっき……ちょっと前から」

※24＝お腹の上から胎児の心音を聞く器械

「急に痛がり始めたんです」

そばにいた男性が割り込むように口を挟んできた。

「失礼ですが……ご主人さんですか？」

「はい」

「徐々に痛くなったのではなくて、急に痛がり始めました？」

「ええ、１時間ぐらい前に急にうずくまって……だから、病院に行こうとしたんですよ。

なのに、どの病院も断られてしまったんです」

「かかりつけの病院がないようですからね……」

通常この週数の妊婦なら、お産をする病院が決まっている。

つまり、かかりつけの病院があるはずだ。

急に具合が悪くなったり、夜中になにかあっても、かかりつけの病院ならすぐに診てもらえるはずだ。

逆に、この時期までどこにもかかっていなかったら「ワケあり妊婦」と認識されて、トラブルを避けるために受診を拒否されることが多い。

「病院は全然かかっていないんですか？」
「は…い……」
「何回目の妊娠ですか？」
「２回目……」
「お産をしたことは？」
「ない……です」
「タバコはどのくらい吸います？」
「２箱……くらい……」

２箱!!
妊婦が１日40本もタバコを吸うなんて……。

見た目上、年齢が極端に若いというわけではなさそうだ。
カルテを確認すると28歳だった。
それにしては、常識がなさ過ぎる……。

ベッドに仰向けになってもらうと、すぐに超音波を当てた。
赤ちゃんは逆子になっていた。
大きさから、34週ぐらいだろう。

そして、大きな問題が１つ。
いくら目を凝らしても、心臓が動いていなかった。
そう、赤ちゃんはすでに亡くなっていたのだ。

子宮内胎児死亡……。

原因はいろいろありうる。
原因がはっきりしないこともある。

まさか……。

患者のお腹は、ずっとかっちり張ったままだった。
ただ張っているのではない。
板のように硬くなっているのだ。

早剥《そうはく》※25だ!!

私は近くの看護師に一気にまくし立てた。

「緊急オペの準備！　採血とルート！

※25＝常位胎盤早期剥離の略。赤ちゃんが生まれる前に胎盤が剥がれてしまう異常

誰でもいい、医者を呼んで！」

いつにない私の声に、一瞬周りの看護師たちはたじろいだ。

私はかまわず患者を内診する。

「ちょっとごめんなさいね……内診しますよ。

ご主人はあちらでお待ちください。すぐにお呼びしますから」

心配なのか、なかなかその場を離れようとしないご主人をなんとかカーテンの向こうに追いやる。

緊急時とは言え、男性の目の前で内診するわけにはいかないからだ。

子宮の出口はまだ１センチも開いていなかった。

やっぱり、下からじゃ無理だ……。

「待機の先生を呼べばいいんですか？」

「すぐに来られる先生なら誰でもいいから！

外科にも連絡して！

麻酔科に緊急手術の依頼もお願い！」

早剥は、妊娠中いつ起こるか分からない。
喫煙は早剥のリスクをかなり高くしてしまうが、喫煙者でなくてもいきなり早剥になることはある。
早剥を予測することはできないのだ。
起きれば赤ちゃんが助かる確率はきわめて低い。
さらに、母体にも大きな影響を与えるために、場合によっては母体死亡につながることもある。
産科の急変の中でも、最も緊急性が高い異常のひとつなのだ。

患者の状態から、早剥であることは間違いなかった。
ただちに帝王切開で死亡した胎児を出し、子宮からの出血を止めなければ命に関わる。

「ご主人に入ってもらって」

手術をするには、本人と家族に説明しなければいけない。
すぐにでも手術室に運び込みたい気持ちを抑えて、

ご主人と本人に状況を話した。

「正木《まさき》さん、分かりますか？
　今超音波で確認しましたが、赤ちゃんはすでに亡くなっています。
　胎盤が剥がれかかって、子宮の中で出血している可能性があります」
「赤ちゃん……助からないんですか？」
「残念ながら、もう心臓の動きは止まっています」
「うそ……」

　患者が受けるであろうショックを気遣っている暇はなかった。
　とにかく、一刻も早く手術を開始しなければ……。

　看護師が持ってきた点滴セットで血管確保をしながら説明を続ける。

「これから帝王切開で赤ちゃんを出してあげないといけません」
「手術するんですか?!」

患者のそばに戻ってきたご主人が、突然驚いたように口を挟んだ。

「はい。このまま自然に赤ちゃんが出てくるのを待っている時間はありません。
もしこのまま……」
「すみません、気分が……」

そう言っているうちに患者の容態が急変した。
顔色が見る見る蒼白になり、冷や汗をかいている。

「血圧測って！
点滴全開にして！」
「血圧75の40。レート130です」
「このままオペ室に行きます。
ベッド動かして！」

すでにショック[※26]状態になりつつあった。
血圧が保てなくなってきているのだ。

※26＝出血やアレルギーなどで血圧が保たれなくなること

「急患はどこですか？」

　ようやく外科の当直医が駆けつけてくれた。

　助かった……。
　これでとりあえず手術は開始できる。

「こちらです。
　早剥でショックを起こしてます。
　緊急帝王切開の前立ち※27お願いできませんか？」
「帝王切開ですか?!」
「うちの誰かが到着するまででいいんです」
「分かりました。とりあえず手術室の手配をしておきます」
「ありがとうございます」

　１人ではできることが限られる。
　こんな時は、とにかく借りられる手を借りるしかない。

※27＝第1助手

「これから緊急手術を行ないます。
　奥様は非常に危険な状態です。
　すぐに処置をしなければ手遅れになります」
「手遅れって……」
「命に関わるということです。
　手術は帝王切開ですが、普通の帝王切開よりもリスクは高いと思ってください。
　輸血は必須です。
　救命を最優先していきますので、場合によっては子宮を摘出しなければいけないこともあります」
「子宮を取るってことですか?!」
「そうです」
「それは困ります！　だってあいつは……」
「子宮を残せるかどうかという段階ではありません。
　命が助かるかどうかという状態なんですよ。
　同意書にサインをしてください」
「でも……」
「時間がないんです！」
「分かりました……お願いします。
　どうか、助けてやってください」

　あまりの急展開にまったくついてこられない様子の

ご主人に無理やりサインをもらう。

ご主人が話を理解できないのは無理もなかった。

早剥がどんな病気なのかも、なぜ手術が必要なのかも、なぜ命が関わる事態なのかも、私は詳しく説明していない。

緊急手術が必要な時というのは、往々にしてこういった状態になる。

こちらが家族に丁寧に説明している時間も、本人に同意を得ている時間もないのが現状だ。

家族が納得するのを待つ暇はない。

それが「緊急」というものだ。

ろくな説明もせずになんらかの医療行為を行なって、万が一よくない結果に終わった場合、「そんな話は聞いてなかった」と抗議されることは十分にありうる。

だからこそ、こんな時でも同意書にだけはサインをもらう。

この同意書は、おそらく患者を守るためのものではない。

私たちの保身のために必要なのだ。

　手術室に入ると、これから麻酔を行なうところだった。

　手術の同意書と輸血の同意書を麻酔科医に見せる。

「よろしくお願いします。クラッシュ[※28]でいきますね」

「はい。お願いします。
　手洗いしてきます」

　手洗い場に行くと、外科当直医がすでに手を洗っていた。

「すみません。ご無理言って」

「いや……大変ですね」

「もうすぐオンコール[※29]が来てくれると思いますので……」

　一緒に手洗いを済ませて手術の準備に入る。

「これから緊急帝王切開を始めます。

※28＝緊急時の麻酔導入の方法
※29＝人手が必要になった時の呼び出しに対応できるよう待機している医師

よろしくお願いします」
「よろしくお願いします」

メスで皮膚を切開する。
じわっとにじむような出血が、嫌な感じだ。
出血に勢いがないのに、どこからともなくじわじわと出血する。
すでにDIC[※30]になりかかっているかも……。
少しでも余分な出血をさせないように、血管をできるだけよけながらお腹を開けていく。

ちょうど腹腔内にたどり着いた頃、やっと産婦人科の海野先生が手術室に現れた。

よかった……。
ベテランの海野先生が来てくれたことに、内心少しほっとする。

「早剥だって?!
どんな状態？」

※30＝血液の凝固機能が異常になり血栓ができたり出血が止まらなくなったりする病態

「あ、先生。お呼び立てしてすみません。
飛び込みの急患で、いらした時はすでにIUFD[※31]だったんですが……」
「あ〜、子宮の色、悪いね……。
とりあえず手、洗ってくるから」
「はい。よろしくお願いします」

海野先生の準備が整うまで、そのまま手術を進める。
お腹の中を観察すると、子宮の表面はなんとも言えない紫色になっていた。
従来の帝王切開の手順通り、子宮にメスを入れて赤ちゃんを取り出す。
普通の帝王切開と違うのは、赤ちゃんがすでに亡くなっているということだった。
羊水は薄い血液の色をしている。
本来は透明な黄色のはずの羊水が、血液の色になっているということは、子宮の中で出血していた証拠だ。

※31＝子宮内胎児死亡の略

「ベビーキャッチして！　すぐ胎盤出ますよ。
先生、吸引お願いできますか？」

「あ、はい……」

真っ黒な赤ちゃんに外科医は一瞬驚いたようだった。

すぐに気を取り直したように、血液を吸引して術《じゅつ》野《や》を見えやすくしてくれる。

胎盤はほとんど自然に剥がれてきた。

すでに半分剥がれかかっていたのだ。

胎盤が子宮についていたはずの部分に、血液の塊がついている。

やっぱり、早剥だったか……。

「粘膜カンシ[※32]」

「ガーゼもっと！」

胎盤が出たところで、海野先生が手洗いを済ませて

※32＝手術の時に使う道具の一つ

きた。
　外科当直と交代する。

「先生、後は代わろう。
　ありがとうございました」
「ホント、助かりました。
　ありがとうございます」
「いや、ちょうど手が空いてる時でよかったです」

　外科は外科で、いつ急患が来るか分からないのだ。
　そんな中で手を貸してもらったことに感謝する。
　人員が限られている中小規模の病院では、こういった助け合いも必要だった。

「アトニン局注します。
　粘膜カンシもっと。
　あと、2—0バイクリル[※33]用意して」
「嫌な出方だな……」
「色も悪いですよね……」
　海野先生も、出血の感じから同じことを考えていた

※33＝吸収糸の一種(いわゆる「溶ける糸」)。2−0は太さを表す

ようだ。

　子宮の色も先ほどからだんだんと蒼白になっていっていた。

「とりあえず１度縫合しよう」

「はい。

　2―0バイクリルちょうだい」

　切り開いた子宮の壁を、今度は縫い合わせる。

　子宮を縫い閉じて収縮させなければ、止血はできない。

　普通の帝王切開であれば、胎盤が出た後にある程度子宮は収縮してくる。

　収縮が悪くても、収縮剤を投与したり、子宮そのものをマッサージすれば大抵は硬い筋肉の感触に戻っていく。

　でも今、手の中で横たわっている子宮は違う。

　いつまでたっても、タコのようにグニャグニャなのだ。

　正常ならピンク色のはずの壁が、紫色からグレーがかった色に変化していた。

　なんとか切開創を縫い合わせたが、縫ったところからの出血が止まらない。
　噴き出すような出血はないが、じわじわとした出血が続いていた。
　まるで子宮が汗をかいているように、どこからともなく血が流れていくのだ。
　ガーゼで圧迫しても、すぐにガーゼが赤く染まっていく。

「止まりそうにないな……」
「もう１層かけますか？」
「いや……子宮を残すのは無理だ」

　一瞬、海野先生のほうへ視線を上げると、先生も諭すようにうなずく。

「未経産の方なんです……」
「気の毒だが……残しても壊死《えし》するだけだ。
　かえってDICのリスクを作ることになる」
「そうですよね……」

子宮はすでに十分な血液がいきわたっていない状態だった。

この状態で残しても、お腹の中で腐ってしまう危険性がある。

さらに、子宮からの出血が止まらなければ、命も危うくなるのだ。

私は患者の顔をのぞいた。

真っ白を通り越して、黄色味がかった顔は、これ以上の出血は危険であることを物語っていた。

子宮を取れば、もう赤ちゃんは産めなくなる。

この人は、一生自分で子どもを産めないのだ。

28歳で子宮を失うことの意味は重かった。

でも、子宮を残して命を失ったのでは意味がない。

「ハーベー[※34]出ました！　3.2です！」

※34＝Ｈｂヘモグロビン濃度。貧血の程度を表す

採血結果を知らせる看護師の声が、私の背中を押した。

麻酔科医が輸血を開始する。

手の中のガーゼが、真っ赤に染まっていく。

「全摘しましょう」

海野先生もうなずく。

「ご主人呼んでもらえますか？」

手術室の控え室で、ご主人に状況を説明した。

「子宮は残せる状態ではありません。
子宮を取らなければ出血が止まらず、命も危うい状態です」
「どうしても残せないんですか？」
「今の状態で子宮を残すことは命取りです」
「そんな……。
あいつは子どもが抱けるのを楽しみにしていたの

に」

だったらなぜ健診を受けなかったの？
なぜタバコを吸い続けたの？

私は喉元まで出そうになった言葉を飲み込んだ。
本人を責めても目の前の状況は改善しない。
今できることをするしかないのだ。

「残念ですが、今は救命を最優先に考えなければいけませんん」
「分かりました……」

半分呆然としながら、ご主人は控え室を出て行った。

「ムンテラ[※35]してきました」
「了解してもらえたか？」
「残せないかって言われましたけど……。
救命を優先させてくれと伝えました」

※35＝本人や家族への説明

「そうか……とにかく早く摘出しよう」
「はい」

子宮摘出自体はそれほど難しい手術ではない。

麻酔器のモニター音に追い立てられながら、焦る気持ちをなんとか落ち着ける。

手順通りに手術を進めて、子宮を摘出した。

子宮を取れば、ひとまず主な出血源はなくなったことになる。

先ほどのような汗が噴き出すような出血はなくなった。

ただ、手術操作を加えたところから少量の出血がじわりじわりと続く。

どこからの出血というより、にじむような出血だ。

健康な人を手術した時は、血液そのものにある程度固まって止血する働きがあるので、ごくごく細い血管などは一つ一つ止血しなくても自然に血は止まる。

ところが、大量に出血したりすると、血液が薄まって血を固める力も落ちてしまうのだ。

そのうえ、DICを引き起こすと、血液を固める機能と血液の塊を溶かす機能のバランスがめちゃくちゃになってしまう。

今の患者の状態は、まさにこの止血機構が破綻《はたん》した状態だった。

「輸血、しっかり入れてもらえますか？
血小板も……」
「今入れてます」

麻酔科医が必死で輸血や点滴をつないでいた。
おかげで、かろうじて血圧が保てているという状態だった。
輸血が入ったせいか、患者の顔色が先ほどよりは少しよくなっていた。
それでも、真っ白なことに変わりはない。

お腹の中をガーゼで圧迫して、止血するのを待った。
先ほどより勢いがおさまってきたので、出血している部分を確かめながら電気メスで止血していく。
それでも、完全には止まらない……。

　電気メスで焼いては、しばらくガーゼで圧迫する。
　そうやって繰り返しているうちに、やっと血液がたまらなくなってきた。

「これが限界だろう」
「ドレーン[※36]入れて閉じますか？」
「ああ、これ以上触っても同じだ」

　再出血した時にすぐに分かるようにするために、細いチューブを１本お腹に差し込んで皮膚から出す。
　その状態で固定しておけば、チューブから出てくる出血の量で再出血を早めに見つけることができるのだ。
　慎重にお腹を閉じて、なんとか手術を終える。

　問題はこれからだ。
　今、患者の命は、人工呼吸器と点滴や昇圧剤でかろうじて保たれている。
　これから自力で呼吸し、血圧を保ち、きちんと尿が

※36＝たまった血液や膿を出すために留置しておく管

作れるようになるまで、すべてこちらでコントロールしていかなければいけないのだ。

当然、集中治療室での治療になる。

私は３日間病院に泊まりこむことになった。

さすがに途中で着替えを取りに帰ったが、ほとんど病院に寝泊まりしている状態だ。

患者が正木さん１人なら、ここまで大変なわけではない。

朝からずっと付きっきりで診ていればいいのだから。

実際は、外来をし、手術に入り、他の入院患者を診て、お産も取らなければいけない。

その中で、患者に急変があれば、診療の合間に駆けつけるわけだ。

通常の当直業務もある。

「先生、大丈夫？
少し休んできたら？」

カルテを書きながら、一瞬眠気に襲われていた私に、ナースが声をかけた。

「あ、ありがとう。
　バイタルどう？」
「だいぶ安定してきましたよ。
　尿も出てきたし」
「そろそろ抜管《ばっかん》[※37]できそうですね」
「先生が倒れないようにしてくださいよ」

　そう言って、アメを１個置いていった。

　ありがたく頂戴して、口に入れる。
　アメの甘さが、少しだけ疲れを癒してくれた。

　私はなんのためにこんなことをしてるんだろう……。

　時間外に勤務したって、手当てが出るわけではない。
　患者の急変に対応しても、通常業務が減るわけでは

※37＝人工呼吸器を外すこと

ない。

　患者を助けることが当たり前で、そのために自分の身を削って頑張ることが当然だと思ってきた。
　でも、本当にそれが「当たり前」なんだろうか。
　自分を犠牲にしてまで、やらなければいけないことなんだろうか。

　それでも、重症患者に当たれば自分が走り回るしかない。

＊　＊　＊

　４日目にようやく人工呼吸器が外れた。
　血圧も徐々に安定していた。
　あとは腎機能が保たれてくれれば、大きな合併症は残さずに回復してくれそうだった。

「正木さん、分かりますか？」
「は…い……」
「大変な手術だったので、まだちょっとしんどいと思いますが……」

「赤ちゃんは？」
「え？」
「赤ちゃんはどうなりました？」

一瞬、私はこの場で話すのをためらった。
手術前に、すでに胎児が死亡していることは本人にも告げている。
でも、改めてはっきりそれを伝えることは、精神的動揺を与えることになる。

「手術の時の状態やその後の状況については、もう少し回復してからお話ししますね。
今はご自身が回復することに集中しましょう」

結局、その場では言葉を濁しておいた。
胎児死亡のことも、そして子宮を摘出したことも、まとめてきちんと説明したほうがいいだろう。
それに、こういった説明は本人だけではなく、家族にも同席してもらうほうがいい。

起き上がれるようになったら、ひと通り説明しよう……。

その時のことを考えると、気が重かった。
子どもを失っただけでなく、この先、一生子どもを産むことはできなくなってしまったのだ。
それがどれほどショックなのか、想像しただけでも胸が痛んだ。

＊　＊　＊

その後の回復は、予想外に早かった。
５日目には集中治療室から普通の病棟に移動し、食事も開始した。

心配していた再出血も免れて、普通の術後患者と同じ状態まで回復したのだ。

「正木さんのご家族見えられました」
「あ、すぐに行きます」

本人が起き上がれるようになったので、ご主人と一緒に説明することにした。
患者説明用の部屋で、２人を前に今までの経過をひと通り話す。

「ご説明が遅くなってすみません。
　ご本人がある程度回復されるのを待っていましたので。
　だいぶ全身の状態が安定してきてよかったですね」
「お世話になりました……」

　ご主人が、一言そっけなく頭を下げた。
　なんとなく、話しづらい空気を感じる。

「先生、赤ちゃんはどうなったんですか？」
「残念ながら、いらした時に、赤ちゃんはすでに亡くなっていました」
「手遅れだったんですか？」
「どうやっても、赤ちゃんを助けてあげることはできない状態でした。
　心臓の動きが完全に止まって、子宮の中で亡くなっていましたので」
「なんで……」
「常位胎盤早期剥離と言って、赤ちゃんが産まれる前に胎盤だけが剥がれてしまうことがあります。

今回、そのせいで赤ちゃんに負担がかかって亡くなってしまったのだと思われます。
胎盤が剥がれる原因はハッキリしないことがほとんどです。
タバコを吸っているとリスクが上がると言われていますが……」
「もっと早く診てもらっていれば防げたんですか？」
「それは分かりません。
常位胎盤早期剥離は、いつ起きるか予測することはできませんので」
「そうなんですか……」

正木さんはしばらく、涙を流しながら黙り込んでしまった。

もし、妊娠する前から喫煙のリスクを知っていたら、禁煙していただろうか。
かかりつけを持たないことがどんなに危険かを知っていたら、ちゃんと健診を受けていただろうか。
こんな結果になると分かっていたら、正木さんの行動は変わっていただろうか。

すべては起きたことに対する仮定でしかない。
たとえ、きちんと妊婦健診を受けてタバコを吸わず節制をしていても、結果は同じだったかもしれない。
でも、少なくとも「あの時こうしていれば」というポイントをできるだけなくしておくことに、意味があるのだ。

「いらした時は、ご本人も非常に危険な状態でした。
緊急で手術を行ないましたが、残念ながら子宮を残すことはできませんでした」
「え?!」

一瞬、なにを言われたのか分からないという顔でこちらを見返した。
ご主人が、正木さんの肩を抱く。

「子宮からの出血が多くて、残せば命が危ない状態でした。
救命を優先するために、子宮はすべて摘出しています」
「子宮を取ったんですか？
子宮がないってことですか?!」

「そうです」
「じゃあ、私はもう赤ちゃんが産めないんですか？」
「ご自身で産むことは、残念ながらできません」
「なんで?!
　そんなこと聞いてない！
　なんで子宮を残してくれなかったんですか?!」

　突然大声を出し始めた正木さんを、ご主人がなだめた。
　こういった反応は、ある程度予想していた。
　でも、私は事実を伝えるしかない。

「子宮を残せば、出血が止まらずに救命できない可能性が高かったからです。
　常位胎盤早期剥離は、母体死亡にもつながる病気です。
　命を落とす方もいらっしゃいます」
「命が助かったからいいじゃないかって言いたいんですか?!」
「そういうわけではありませんが……。
　私たちとしては、最善の治療をしたつもりです」
「産めなくなったら意味がないじゃないですか！

返して！
私の子宮を返して！」

激しく泣きじゃくりながら、顔を伏せる。
私はなにも言い返せなくなった。
自分が悪いことをしたわけではないのに、こうやって激しく責められるとなんとなく罪悪感を感じてしまう。
まるで、自分に落ち度があったかのように錯覚させられてしまうのだ。

しばらく静かに落ち着くのを待っていると、それまで黙っていたご主人が口を開いた。

「もし、もっと早く診てもらえていたら、子宮を残せた可能性もあるんですか？」
「それは分かりません。
いらした時点で、すでにある程度出血していたと思われますので」
「具合が悪くなって診てもらえるまでの間に、結構時間が経ってますよね」

　どうやら、ご主人は最初に受診を断ったことを言っているようだった。

　つまり、「たらい回し」のせいで手遅れになったのではないかと言いたいのだ。

「こちらを受診されてからは、すぐに拝見したはずですが。

　かかりつけがないと、どうしても受け入れの手続きに時間がかかることがあります」

「急患ならすぐ診るべきじゃないんですか？」

「もちろん、そうです。

　だから、いらしてすぐに拝見して急いで手術を行なったんですよ」

「あれが最短だったってことですか？」

「こちらでできる、最善の方法だったと思います」

　ご主人はそれ以上追及してこなかった。

　表情からは、納得していないことは明らかだ。

　私はとにかく、事実をそのまま説明するしかなかった。

　感情論に付き合っていても、埒《らち》が明かない。

　ずっとかかっている患者であれば、ある程度信頼関係もできているし、起こりうるトラブルについて、あらかじめ情報提供しておくこともできる。

でも、いきなり受診した飛び込み患者と、緊急のバタバタした状態で信頼関係を作るのは難しい。

こちらが寝ずの番で治療を行なっている姿は、本人や家族には見えていないのだから。

「手術後もしばらくは血圧などが不安定でしたが、今は改善してきています。

心配していた再出血もありませんし、腎臓の機能も正常に戻ってきています。

まだ完全に安心はできませんけれど、この調子でいけば10日後ぐらいには退院できそうですよ」

「分かりました」

「他になにかご質問はありますか？」

「いえ……」

２人は黙ったまま部屋を出て行った。

なんとも言えない空気が後に残る。

子宮を失ったショックは、きっと相当なものだ。

取り乱すのも無理はない。

ゆっくり、受け入れてもらうしかないだろう。
この問題は、時間が解決してくれる。
私はこの時、そう思っていたのだった。

第6章

悲しみの花嫁

その後、正木さんは順調に回復していった。
集中治療室を出て、２週間後には退院になる。
しかし退院の時も、正木さんに笑顔はなかった。

早く、正木さんの心が癒されますように……。

私はこの約２週間の疲れを引きずりながら、日常業務に戻っていった。
さすがに、心身ともに疲れがたまっていた。

今日はお産もなさそうだし、ちょっとゆっくりできるかな〜。

病棟業務をさっさと片付けて、早く帰りたかった。
早く帰れる時に帰っておかなければ、またいつ忙しくなるとも限らない。

ピリリリリッ！

　PHSが鳴る。

「はい、和泉です」
「あ、救急事務ですけれど、今救急隊から連絡が入ってまして」
「急患ですか？」
「はい。16週の妊婦さんらしいんですが……。
　おつなぎしますか？」
「お願いします」

　昼間のこんな時間に救急隊から連絡が入るなんて……。

「はい。産婦人科の和泉です」
「H町救急隊です。
　そちらにおかかりの16週の妊婦さんが破水されてまして」
「分かりました。すぐにいらしてください」
「ありがとうございます」
「お名前と、うちのID分かりますか？」
「あ、ちょっと待ってくださいね……。
　島崎《しまざき》亜《あ》衣《い》華《か》さんです。

IDは……1390576です」

「ありがとうございます。

直接急患室につけてください」

すぐに急患室に連絡をする。

カルテを出して、救急車の受け入れ準備をしておいてもらうためだ。

16週か……厳しいな……。

22週未満は、早産ではなく「流産」になる。

その週数で赤ちゃんが出てきた場合、助ける手立てはないからだ。

破水していても羊水がある程度保たれていれば、時間稼ぎができる場合もあるが、羊水が少なくなったり赤ちゃんが出そうになっていると、助けるのは非常に難しい。

30分ほどで救急車は到着した。

ストレッチャーで運ばれてきた患者を見て、思わずその場にいた全員が言葉を失った。

患者は真っ白なウエディングドレス姿でやって来たのだ。
ベールをつけたまま、苦しそうに顔をしかめている。
出血もしているのか、白いドレスに真っ赤なシミが広がっていた。

「式場で急に腹痛が起きたそうで、救急車の要請がありました」
「ありがとうございます。
お疲れ様でした」

救急隊員から簡単な申し送りを受けて、患者のところへ行くと、白いタキシードを着たご主人が手を握って寄り添っていた。

カルテを確認すると、今日が16週と5日だった。
妊娠初期から切迫流産兆候があって、何度か安静にするように言われている。
前回のカルテに、『２週間後結婚式の予定とのこと。安静が必要なこと再度説明』と書かれていた。

どうやら、安静を指示されていたのに結婚式を強行したらしい。

初診時の記載を見ると、いわゆる「できちゃった婚」だった。

なんでこんな時に結婚式挙げるかな〜。

私は頭を抱えそうになりながら、とにかく診察しに行く。

「島崎さん、分かりますか？
今お腹が痛みます？」
「はい……急に痛くなって……」
「ちょっと内診させていただきますね」

内診台に移動できそうにないので、ベッド上で診察する。

これは……ダメだ……。

クスコでのぞくと、薄い血液の混ざった羊水がどっとあふれてきた。

そして、子宮口からは胎児の足がのぞいている。
超音波を当てると、まだ胎児の心拍はあった。
赤ちゃんの心臓はまだ動いているのだ。
でも、破水とともに子宮の出口から出そうになっている。
羊水の量は、ほとんど計測できないくらい少なくなっていた。

すぐに出てきそうだ……。

「かなり羊水が出てますね。
超音波で見ると、子宮の中に羊水がほとんど残っていません」
「赤ちゃんは？　無事ですか？」
「赤ちゃんの心臓の動きは確認できます」
「よかった……」
「ただ、子宮の出口から片方の足が出かかっています。
おそらく、このまま自然に流産になってしまう可能性が高いですね」
「え?!　止めることはできないんですか？」
「今の状態だと、流産を止めるのは難しいと思われます」
「なんでですか?!
　なんとかしてください！」

　本人とご主人が、すがるように訴えてくる。
　なんとかしろと言われても、無理なものは無理なのだ。

「残念ですが、羊水がほとんど残っていない状態だと、赤ちゃんが窒息してしまいます。
　さらに、子宮が収縮し始めていて、すでに赤ちゃんが半分押し出されてきている状態です。
　おそらく、このまま赤ちゃんが自然に出てくるのも時間の問題です」
「なんとかならないんですか？」
「残念ながら……できることはありません」

　そう言っているうちに、患者がお腹を抱えて痛がり始めた。
　娩出《べんしゅつ》しかかっているのかもしれない……。

「すぐ分娩台に移動させて。

このまま娩出するかもしれません」

ドレス姿のまま分娩台に移動してもらうと、すでに両足が膣から出かかっていた。

「赤ちゃんが出て来ますからね。
ちょっとお腹が痛くなりますよ」

体を支えながら、頭が出るのをゆっくり待つ。
患者もご主人も、動揺でパニックになっているようだった。
状況がよく分かっていない。

ご主人に、患者の頭元に付き添ってもらっていたが、お互い手を握り合っているだけだった。
本人は、さっきから泣きじゃくっている。

赤ちゃんは、ゆっくりと出てきた。
まだ心臓は動いている。
口を何度かパクパクと動かした後、ゆっくりと動かなくなっていった。
16週では、どんな医療を施しても助けることはできない。
　静かに心臓が止まるのを待つしかなかった。

　胎盤が出るのを待って、出血の具合を確認する。
　超音波で子宮内になにも残っていないことを確かめて、とりあえず着替えてもらうことにした。

　本人が着替えている間に、ご主人に状況を説明してもらう。

「式の途中でいきなりお腹が痛いって言い出したんですよ」
「以前からお腹が張り気味だったんじゃないですか？」
「いや、それは言ってませんでしたけど。
　安定期にも入ったし、大丈夫だって」
「大丈夫じゃなかったんですよ。
　前回の健診で、安静が必要だと主治医が説明しているはずです」
「でも、16週に入れば安定期だからってあいつが……」
「いくら安定期でも、お腹が張ってるのに無理したら流産してしまうことだってあるんです」
「そうなんですか……」

安定期というのは、胎盤機能がある程度安定する時期という意味だ。
決して、妊娠の状態が安定するという意味ではない。
もちろん、この時期は比較的体調が安定する人が多い。
つわりも治まって、まだお腹もそう大きくないので、活動しやすい時期ではある。
でも、切迫流産の人や合併症がある人は、決して「安心できる時期」とは言えないのだ。

こういったことを勘違いしている妊婦さんは結構多い。
最近は、できちゃった婚の割合が増えているせいか、妊娠中に結婚式や新婚旅行を計画する人も増えてしまった。
中には、海外ウエディングや海外旅行の計画を立ててしまう人もいる。
妊娠中であるということが、どれほどのリスクを背負っているのか、理解されていないのだ。

　着替え終わった患者に状況を説明した。

「お腹の痛みは大丈夫ですか？」
「さっきより楽になりました……。
　先生、赤ちゃんは？」
「残念ながら、完全流産です」
「もうダメってことですか？」
「はい。赤ちゃんは自然に出てきました。
　もう胎盤も全部出ています」
「もう赤ちゃんはいないんですね……」
「はい……。
　後でご面会いただくことは可能です。
　落ち着いたら、赤ちゃんのお顔を見ることはできますよ」

　島崎さんはそのまま静かに泣いていた。
　ご主人が、肩を抱いて頭をなでている。

　結婚式という喜びの頂点から、深い悲しみに落ちてしまった姿は、見るに耐えなかった。

自分で招いた事態とは言え、やはり気の毒だ。

なぜ、赤ちゃんを第一に考えてあげないんだ……。
なぜ、こうなるまで気づけないんだ……。

防ごうと思えば防ぐことができたかもしれない流産だっただけに、やるせない気持ちになる。
安静を守り、早めに対処できていれば、破水も流産も防げた可能性はある。

できちゃった婚がすべて悪いとは思わない。
いろんな事情で順序が逆になることはあるだろう。
でも、「母になる覚悟」と「妊娠」の順序は、逆になってはいけないのだ。
元気な赤ちゃんを産むこと、赤ちゃんの健康に責任を持つこと、それらに対する覚悟が決まらないうちに「できちゃった」のでは困る。

妊娠中だけど、自分の楽しみを我慢はしたくない。
結婚式も挙げたい。
新婚旅行にも行きたい。

そんな思いを、母親の「わがまま」だと感じてしまう自分がもどかしかった。

結婚式を挙げたいのであれば、先に挙げればいい。
なぜわざわざ妊娠中に危険を冒してまでするのかが理解できない。

こういった悲しい経験は、妊婦用の雑誌に取り上げられることはない。
本人たちが話すこともあまりないだろう。
うまくいった体験談だけが雑誌に載って、憧れだけを作ってしまう。
だから、リスクが伝わらない。

妊娠や出産は、何事もないのが当たり前だと思われていることが多い。
実際は、何事もなく無事に産まれてくることは奇跡なのだ。
妊娠中はなにがあってもおかしくない。
そのリスクをもっと多くの人に分かってほしい……。

「知らない」ということは、それ自体がリスクだ。
もっと、必要な情報を伝えておかなければ、悲しい思いをする人はなくならないだろう。

本人の無知を責めることもできず、私はまた１通の死産届を書いていた。

＊　＊　＊

その日の夜、私はやっと恵太と会う時間を作ることができた。

「遅くなってごめんなさい」
「いや……相変わらず忙しそうだな」

久しぶりに会う恵太は、なんとなく以前よりおとなしい感じがした。
一緒にいる時は、もっと「熱い」人のように感じていたのだ。

１人になって、ちょっとは変わったのかな。

思ったより元気そうな姿に、私はほっとする。

結婚してからは、家事のほとんどを私がしていたので、1人でちゃんとやっているのか気になってはいたのだ。

「元気そうで、安心した」

「優子も、思ったほどやつれてなくて安心したよ」

冗談とも本気ともつかない顔で私のほうを見る。

正直、仕事は変わらずハードなままだったけれど、別居し始めてからは自分のペースで生活できるので、その分精神的な負担は減っていた。

家事をきちんとしようと頑張らなくてもいいし、なにより「妊娠しなきゃ」というプレッシャーがなくなった。

恵太はそんなこと分からないだろうな……。

私は、自分のつらさを恵太と共有できなかった。

全部1人で抱えて、自分で自分を追いこんでしまったのだ。

どうしても耐えられなくなって、ある日突然、家を出てしまった。

「勝手に家を出て、申し訳なかったと思ってるの」
「もういいよ……。
　こうするのが一番だったんだって、俺も思う」
「これ、遅くなったけど」
「ああ」

　私が持ってきた離婚届を、恵太はあっさりとかばんにしまう。

　これで、すべて白紙に戻るんだな。

「ねえ、恵太。
　もし、私が仕事を辞めて、恵太の望むように家にいたら、私たちはうまくいっていたのかな？」
「…………」
「もし、私が……恵太の子どもを妊娠できていたら……」
「それは関係ない！」

　私の言葉をさえぎるように、恵太は強く否定した。

「妊娠は、関係ないよ」
「そっか……」

　理由の分からない寂しさを感じながらも、私はその言葉がうれしかった。
　ずっと自分の中で否定し続けていた自分の一部を、やっと受け入れられる気がした。

　私たちは、ただ歩調が合わなくなっただけなんだ。
　どちらが悪いわけでもない。

　私は、ずっと伝えたかった言葉を最後に恵太に伝えた。

「恵太、私と結婚してくれてありがとう。
　４年間、恵太と夫婦でいられてよかったと思う。
　私の人生に関わってくれて、ありがとう」

　恵太はなにも答えなかった。
　私も、それ以上恵太からなにか聞きたいわけではなかった。

「じゃあ、元気でね」
「ああ、優子も無理しすぎるなよ」
「ありがとう」

自分の中でひとつピリオドが打てたことを実感しながら、私はその場を後にした。

第7章

立ち去る者

「和泉先生、今時間大丈夫ですか？」
「あ、はい。ちょうど外来が終わったところです」

部長からいきなりかかってきた電話に、私はなんとなく嫌な予感がした。
やっと重症患者や急患の波が落ち着いて、ほっと一息ついていた矢先だった。

「今から院長室に来れますか？」
「はい。すぐうかがいます」

院長室と聞いて、自分の予感が的中したのを確信した。
重い足に発破をかけながら、最上階の院長室に急ぐ。

「失礼します……」
「忙しいところすまないね。
ちょっと詳しい話を聞きたいと思いまして」

「なにかトラブルですか？」
「まあ、座って話しましょう」

院長室には、うちの科の部長と院長と、そして事務長らしき人が待っていた。
促されるまま、ソファーに腰かけて説明を聞く。
部長の手には、１通の手紙があった。

「実は、院長宛に投書がありましてね」
「クレームですか？」
「はい。１週間ほど前に退院された正木さんという方のご主人からです」
「よく覚えています。
早剥で、緊急手術をした方です」
「手術については、私も報告をもらっています。
確か助手は海野先生でしたね」
「はい」
手術の翌日、早剥の急患が来たことと緊急手術を行なったことは部長に報告済みだった。
その後の経過も、ひと通りは部長も把握している。

「ご主人から、こういった手紙が届いたんですよ」

私は差し出された手紙にざっと目を通して、なんとも言えない気持ちになった。

そこには、正木さんが退院後うつ状態になってしまったことをはじめ、子どもだけでなく正木さんの未来の希望まで失ってしまったことに対する悲しみと、対応の遅れや子宮摘出をしたことに対する怒りが綴られていた。

ご主人は、やはり納得していなかったのだ。

時間は解決してはくれなかった。

妊婦健診を受けなかったことや本人が喫煙を続けていたことは棚に上げて、ただ、病院と私の対応に対する不審が手紙の中でぶつけられていた。

本人の悲しみやそれをそばで見守らなければいけないご主人の気持ちを考えたら、誰かを責めたくなる気持ちも分からなくはなかった。

でも、自分たちの責任を無視して、一方的に責められるのはやはり納得がいかない。

しかも、私自身はあの時倒れる寸前まで必死になって最善を尽くしたつもりだ。
　あれ以上のどんな対応ができただろうか。

　怒りとも失望ともつかない感情がわきあがってくる。
　感情的になりそうなのをぐっとこらえて、手紙を部長に返した。

「私としては、心外な内容です」
「その時の状況を詳しく話してもらえますか？」

　私は、ありのままに当時の状況を説明した。
　自分がやったことに間違いはなかったと信じていた。
　いや、信じたかった。

　全貌を聞いた院長と部長は、私の訴えに納得してくれたようだった。

「分かりました。
　医学的には、先生の判断も対応も問題ないと思います。

手紙の内容は、感情的になっている部分が多々見受けられますから、もう一度冷静になって話し合う必要がありますね」

「海野先生からも話を聞いて、改めてご主人との面談の日を決めましょう」

「示談を提案するということですか？」

「いいえ。こちらに落ち度がないのであれば、まずはそのことを説明するのが先でしょう。

それでご納得いただけなければ、示談も考えなければいけませんが」

「裁判に持ち込まれることは……」

「まだ分かりませんが、警察が直接動くと厄介です。

その前にご主人に納得していただくようにしましょう」

私は、胃がキリキリ痛むのを感じた。

なぜ、正しいことをして訴えられなければいけないのだ。

なにが悲しくて、身を削って必死に助けた相手に、刃を向けられなければいけないのだ。

裁判になるかもしれない。

警察が動けば、もっと厄介だ。
マスコミがかぎつければ、間違いなく餌食《えじき》になる。

私の脳裏に、またいつかの新聞の見出しが浮かんだ。

『またもや妊婦たらい回し！　対応の遅れで胎児助からず』

たとえ裁判に勝っても、こちらの主張が正しいと認められても、一度でもマスコミでたたかれたら医師生命としては相当なダメージなのだ。
それを無責任にたたくメディアが後を絶たないから、立ち去らなくてもいい医師が次々に医療現場を去っている。

私は、あふれてくる感情をなんとか抑えながら院長室を後にした。
その日の午後の仕事は、ほとんど身が入らなかった。

今日は早く帰って寝よう……。

こんな状態で仕事をしてもダメだ。

早々に帰宅しようとしていた私を、海野先生が呼び止めた。

「あ、和泉先生。
院長から話を聞きましたよ」
「すみません。
なんだか先生にまでご迷惑をおかけしちゃって……」
「いや。こういったトラブルは毅然としていたほうがいいからな。
先生は間違ったことはしてないんだ。
自信を持って、ただ誠実に対応していればいい」
「ありがとうございます」

海野先生の気遣いがありがたかった。
いくら懸命にやったつもりでも、それは『つもり』なんじゃないかという不安は常に付きまとう。
もっとできたことはあったんじゃないか。
自分以外の医者が診ていれば、違う結果になったんじゃないか。

何度もそう思いながら、それでも自分にできる精いっぱいをやるしかない。

すべての患者が100%満足できる医療なんてあり得ないのだから。

「まあ、今日はゆっくり休め。

ご主人への説明には、私も立ち会うから心配するな」

「ありがとうございます」

自分を否定したくなる気持ちを、海野先生の言葉が救ってくれる。

ここまであからさまに、患者から理不尽な刃を向けられたのは初めてだった。

人間同士なのだから、相性の合う合わないはある。

言いがかりに近いクレームを言ってくる患者もいる。

でも、必死の努力に対して訴訟までちらつかされたことは今までない。

自分がしてきたことが、根底から覆されるような気分だった。

自分の存在自体を頭から否定される、そんなダメージだ。

「先生は間違ったことはしてないんだ」

海野先生の言葉が、私をなんとか支えてくれていた。

私は間違っていない。
堂々としていよう。

＊　＊　＊

数日後、正木さん夫婦との面談の場が設けられた。

その前に、カルテや検査データなどすべての資料に全員が目を通して事実関係を確認していた。
手術の前にご主人がサインした同意書もある。
そこには、子宮摘出や母体死亡の可能性もはっきりと書いてあった。
急患室にかかってきた電話の記録と、実際に飛び込み受診してきた時間も確認済みだった。

正木さんはご主人に抱きかかえられるようにして現れた。
顔はうつろで、化粧もほとんどしていない。

連れ添っているご主人は、一貫して固い表情だった。
行き場のない憤りを、私たちにぶつけようとしている。
正木さんを見守るつらさは、確かに端から見ても気の毒に思えた。

「以上が、受診なさってからご退院いただくまでの詳しい経過です。
なにかご質問はありますか？」

部長がすべての資料を提示しながらひと通りの説明を終えた。

「なぜ、最初に電話した時に断られたんですか？」
「お電話いただいた時、当直医はお産に対応していました。

緊急対応することは不可能であると判断して、受け入れ可能な病院を受診していただくように指示しています」

「その時すぐに診てもらえていたら、子どもは助かったんじゃないですか？」

「それは分かりません。

すでに亡くなっていた可能性も十分あります。

それに、お産から手を離せない以上、すぐにいらしていただいてもお待ちいただかなければいけなかったと思われます」

「でも、早ければ子宮は残せたかもしれないんじゃないですか？」

「それも分かりません。

手術の時の状況からすると、結果は同じだった可能性が高いと思われます」

ご主人は、とにかくこちらの対応の遅れに落ち度があると言いたいようだった。

自分たちが招いた結果であるとは、思いたくない気持ちは分からなくはない。

でも、こちらからしたら、ほとんど言いがかりに近かった。

「より重症な患者を優先するもんじゃないんですか？」
「その時対応していたお産も、十分重症なケースでした。
　どちらを優先するというものではありません」
「でも、うちは実際後回しにされたんですよね？
　こいつがこんなになった責任を、どう取ってくれるんですか！」
「赤ちゃんのことや子宮摘出をせざるを得なかったことは、本当にお気の毒です。
　こういった体験をされた方は、長期にわたって精神的フォローが必要な場合もあります。
　ご希望であれば、カウンセラーや心療内科医をご紹介しますので」
「そんなこと言ってるんじゃないんです！
　病院として、どう責任を取ってくれるのかって言ってるんですよ」

　やっぱりそうきたか……。

部長が院長のほうを見ると、それまで黙っていた院長がゆっくりと口を開いた。

「このたびのことは、本当にお気の毒だと思っております。
　ただ、病院としては最善を尽くしたつもりです」
「落ち度はなかったということですか？」
「はい。医学的なミスはなかったと考えております」
「じゃあ、どうすればいいんですか……。
　こいつは、もう子どもを産めないんですよ」

ご主人はそう言ってうなだれた。

「少し、お気持ちを整理なさいますか？」

院長はそう言って、私と海野先生に退室するように促した。
私は不安を抱きながらもその場を後にする。

院長はなにを提案するつもりなんだろう……。

あの調子だと、ご主人が裁判まで持ち込むことはなさそうだった。
　かと言って、簡単に納得するとも思えない。

「心配するな。
　後は上に任せておけ。
　そのための責任者なんだから」
「そうですね……」

　よほど不安そうな顔をしていたのだろう。
　海野先生がフォローしてくれる。
　それでも、私の心はすでにヘトヘトに疲弊していた。

　仕事がハードなだけならまだいい。
　眠れないのも、重労働なのも、仕方がない。
　でも、必死になってやったことに対して、感謝どころか攻撃されることに、心底疲れ果てたのだ。

　私、なんのためにこんなことをやっているんだろう……。

　その答えは、ここにはなかった。

＊　＊　＊

翌日、部長に呼ばれて私は昨日の顛末《てんまつ》を説明してもらった。
その内容は、疲れきった私に追い討ちをかける内容だった。

「いや～、和泉先生、今回は大変でしたね」
「いえ……ご迷惑をおかけして本当にすみません」
「先生が謝る必要はありません。
たまたま、たちの悪い患者に当たってしまったんですよ」
「どういうことですか？」
「あの後、院長からお見舞金の提案をしたら、あっさり納得して帰られたんですよ」

それを聞いて、私はすべてを理解した。
ご主人は、最初から訴訟なんか考えていなかったのだ。
少しゴネれば、病院側がなにがしかのお金を出すと踏んでいたのだろう。

「たぶん、これ以上こじれることはないと思います」
「分かりました。
ありがとうございます……」
「お疲れ様でした」

私はすべてを投げ出したい気分になった。
誰に対する、どういった感情なのか分からない。
ただ、悔しさとも怒りともむなしさともつかない思いがあふれて止まらなくなった。

なんのために、身を粉にして30時間を超える勤務をしているのか。
誰のために、自分の健康もプライベートも犠牲にして、毎日診療しているのか。

なにも、分からなくなった。

これまでも何度か疑問に思うことはあった。
このままでいいんだろうかと。
いつか地雷を踏むかもしれないと冷や冷やしながら働き続けることに、なんの意味があるんだろうかと。

何度も倒れそうになりながらも、これまで続けてきたのは、患者さんからの一言があったからだ。

「ありがとうございます」

菓子折りを持って来いと言ってるんじゃない。
袖の下を包めと言ってるんじゃない。
報酬を増やせと言ってるんじゃない。
ただ、やったことに対する感謝がほしかったのだ。

医者は聖人じゃない。
１人の、ただの人間だ。
欲もあれば、体も疲れる。
いろんな感情だって抱く。
ミスだってする。

これ以上頑張ることなんて、できるわけがない……。

ここ数週間、ずっと迷ってきたことの答えを、この一件が出してくれた。

＊　＊　＊

翌日、私は部長に退職願を提出した。

部長は、私の突然の行動に驚いた様子だった。
「少し休んでから、考え直してみませんか？」
とにかく、休暇を取るように勧められた。
でも、休暇なんてそんなにすぐには取れないのだ。
外来の予約も入っている。
手術の予定だって組まれている。
当直だって、急に代わったらみんなに迷惑がかかる。

普通の会社員なら有給休暇でも取って、リフレッシュしてくることができるのかもしれない。
そうやってエネルギーを充電すれば、また仕事を頑張ることができるのかもしれない。

でも、私は休めない……。
それに、これ以上自分の身を削るのは無理だ……。

「ありがとうございます。
お休みは要りません。
最後までちゃんと働きます。
だから、2ヶ月後に辞めさせてください」

私の気持ちは変わらなかった。

「そうですか……。
残念ですが、先生の人生は先生のものですからね」
「ありがとうございます」

退職願を手渡して、私は部長室を後にした。

この産科医不足のご時世に、急に退職することがどれほど周りに迷惑をかけるかは分かっているつもりだった。
部長にも、もっと引き止められても仕方がないと思っていたのだ。
それを、すんなりと受け取ってもらえたことに感謝した。

同僚たちも、あまり強くは引き止めようとしなかった。

正木さんの一件を、それとなくは耳にしているのだろう。

私は、残りの２ヶ月を最後の奉公だと思ってしっかり働いた。

立ち去る者のせめてものお礼のつもりだった。

私は逃げたのだ。

産科医療の現場を見捨てることでしか自分を守れなかった。

やっとここから立ち去れる……そう思うとずいぶん気持ちが楽になっていた。

一方で、私が辞めることで負担を増やしてしまうであろう同僚に申し訳ない気持ちでいっぱいになる。

産科に限らず、負担の大きい科では、いつ「一抜けた」と口に出すか、お互い牽制し合うことになる。

一人が辞めたら、とたんに回らなくなって、結局、規模を縮小せざるを得ないことも多い。

それが分かるからこそ、沈没しかかっていると分かっていながら船から下りられずにいるのだ。

私は、自分がおぼれる前に船から下りることを決意した。

わがままだと言われてもいい。

根性なしとののしられてもいい。

とにかく、ここから逃げ出したい一心だった。

＊　＊　＊

最後の勤務の日、残りの荷物をまとめている私のもとに、海野先生がわざわざ顔を出してくれた。

「海野先生、今までお世話になりました」

「大変だったな……いろいろと」

「すみません……」

「なんで謝るんだ？

もっと堂々としてろ」

「ありがとうございます」

海野先生の気遣いには、いつも助けられていた気がする。

自分を否定しそうになった時、私に自信を与えてくれた。

「これからどうするんだ？」
「まだ、決めてません。
しばらくはゆっくりするつもりです」

正直、このまま医者を辞めるべきなのかどうか迷っていた。
ただ、産科医療の現場にだけは、戻らないつもりでいた。

「そうか……。
和泉先生、あなたはいい医者だ。
医者は、辞めるな」
「…………」

そういって、海野先生は１枚の葉書きを渡してくれた。

「私のメールボックスに紛れ込んでいたんだよ」

それは、木村さんからの葉書きだった。

１ヶ月になった双子と、４人で写った写真がついている。

「先生を必要としている患者は必ずいる。

だから、医者は辞めるな」

私は、思わず泣きそうになった。

必死で涙をこらえながら、頭を下げる。

「ありがとうございました……」

海野先生が部屋を出た後、私は葉書きをじっくり読み返した。

『１ヶ月になった伊織《いおり》と沙織《さおり》です。

入院中は大変お世話になりました。

先生のおかげで、私はお母さんになることができました。

本当に、ありがとうございました。

先生に出会えてよかったです。

今度は、娘たちのお産に立ち会ってくださいね』

さっきこらえていた涙が、とめどなくあふれ出した。

疲弊しきっていた私の心を、温かい言葉が癒してくれる。

ありがとう……。

私は、その葉書きを大事にしまうと、荷物をまとめて病院を去っていった。

第8章

理由

「調子はいかがですか？」
「こないだもらった薬がよく効いたんですよ。
もっと早く来ればよかったです」
「それはよかったです。
更年期は我慢するものじゃありませんからね。
うまく付き合っていくものなんですよ」
「ありがとうございます」
「じゃあ、また同じお薬を出しておきますね」
「お願いします」

午前の最後の患者を診終わって、控え室に戻ると、すでに院長がお茶をすすっていた。
院長と言っても、私が来るまでは１人ですべての診療をしていた１人院長だ。
すでに70歳近いのに、まだ現役でバリバリ診療している。

「お～、先生、ご苦労さん」
「お疲れ様です。

今日のお昼はなんですか？」
「じゃ〜ん！
今日はお寿司を取っちゃいました〜」
このクリニックでは一番若手のナースが、出前のお寿司をテーブルに出す。
「え？　なんで？
宝くじでも当たったんですか？」
「違いますよ〜。今日は院長のお誕生日なんです」
「そうだったんですか?!
すみません、私、なにも知らなくて」

院長はニコニコしながら、「まあ食べましょう」と一言言っただけだった。

他愛ない話をしながら、ゆっくりとお昼を食べる。

今まで、自分が犠牲にしてきたものがどれだけあったのか、今の生活をするようになって改めて気づかされた。

毎日お昼ごはんを味わうなんて、何年ぶりだろう……。

お風呂に入る時も、携帯をそばに置いておかなくていいのだ。

夜は途中でたたき起こされることもない。

毎晩ちゃんと家に帰れるし、仕事帰りに友人と会うこともできる。

人間らしい生活に、やっと戻れた気がした。

私は結局、医者は辞めなかった。

１ヶ月間、一人旅をしながらゆっくり自分を見つめなおした後、このクリニックに就職した。

お産もない、手術もない、外来だけのクリニックを探していたら、海野先生から先輩のクリニックを手伝えないかと連絡をもらったのだ。

毎日外来で患者と接するのは、不思議と楽しかった。

今までの殺伐《さつばつ》とした空気とはまったくかけ離れた、のんびりとした診療だった。

患者は病気の話だけでなく、家族のことや仕事の悩みも打ち明けていく。

他愛のない世間話で盛り上がることもあった。

「先生っておもしろいですね〜」

最近、なぜかナースたちにこう言われる。
今までそんなことは言われたことがなかった。
気づくと毎日笑っている自分がいた。

こんな生活なら、ずっと続けていきたいな。
素直にそう思えるようになっていた。

私をここにとどめてくれたのは、木村さんのメッセージだ。

『先生に出会えてよかったです』

この一言が、私に思い出させてくれた。
自分がなぜ、医者を続けていたのかを。

「あなたに出会えてよかった」

そう言って私を必要としてくれる。
だから私はここにいるのだ。

自分を必要としてくれる人がいる限り、
私はこれからもずっと医者であり続けるだろう。

あとがき

この本を手に取ってくださり、ありがとうございます。

医療の現場をご存じない方にとっては、意外に思われる内容も多々含まれていたかもしれません。しかし、１つ１つのエピソードは、決して空想の世界ではなく、今目の前で起きている現実だったりします。

この作品を書こうと思ったきっかけは、大野病院事件でした。その後も、同じような報道が続く中で、「メディアには流れない医師の本当の姿を知ってほしい」と強く思うようになり、こうした「携帯小説」という形で表現してみたのです。

大野病院事件が無罪判決に終結して、多くの産科医師は「もう少しだけ頑張れそうだ」と現場に踏みとどまり、全国の外科系医師は胸をなでおろしました。それでも、あの事件が産科医療の崩壊に拍車をかけたことは否めません。

小説を書いた背景には、現在の産科医療が抱える多くの問題を、ただ傍観するのではなく、メディアからの情報に惑わされるのでもなく、今起きていることを正しく理解してそれぞれが「自分に何ができるのか」

を考えていただきたいという想いがありました。
「誰の責任なのか」を追及する犯人探しは、問題解決にはつながりません。誰かに責任を押し付けてただ責めるのではなく、自分たちにできることを探していくためには、やはり「知る」ことがまず第一歩なのです。
書籍化にあたって、内容的に「もっとハッピーエンドにしてはどうか」というご意見もありました。読後に何とも言えないモヤモヤしたものが残る、ある意味さわやかさが足りない作品だったかと思います。でも、産科医療の現場を語ろうと思った時、これ以上のハッピーエンドにはできなかったのです。読んだ方に少々苦味のある後味を残すことで、忘れてはいけないことを思い出してほしい。目の前の問題から目をそらさないでほしい。そんな想いを汲み取っていただければ幸いです。
よりよい医療の実現と、すべての子どもが望まれて産まれてくる世界を、願いつつ……この作品を皆様のお手元にお届けできたことに感謝いたします。
最後になりましたが、書籍化するにあたってお世話になりました文芸社の平田様、そして、携帯小説を読んでたくさんの感想を書き込んでくださった読者の皆様に心からお礼申し上げます。

著者プロフィール

神咲 命（かんざき まこと）

診療の傍ら、ブログや携帯小説でも健康啓発を行なっている産婦人科医。

現在は総合病院の産婦人科に勤務。

産科医療・崩壊

2009年５月15日　初版第１刷発行

2014年２月25日　初版第２刷発行

著　者　神咲 命

発行者　瓜谷 綱延

発行所　株式会社文芸社

〒160-0022　東京都新宿区新宿1－10－1

電話　03-5369-3060（編集）

03-5369-2299（販売）

印刷所　広研印刷株式会社

ISBN978-4-286-06800-8